渡江

烈娃 著

作家出版社

图书在版编目（CIP）数据

渡江 / 烈娃 著. -- 北京：作家出版社，2015. 12
ISBN 978-7-5063-8090-4

Ⅰ. ①渡… Ⅱ. ①刘… Ⅲ. ①中篇小说集 - 小说集 - 中国 - 当代 Ⅳ. ①I247. 5

中国版本图书馆CIP数据核字（2015）第132765号

渡 江

作　　者：烈　娃
责任编辑：赵　超
装帧设计：吴元瑛
出版发行：作家出版社
社　　址：北京农展馆南里10号　　邮　　编：100125
电话传真：86-10-65930756（出版发行部）
86-10-65004079（总编室）
86-10-65015116（邮购部）
E-mail:zuojia@zuojia.net.cn
http://www.haozuojia.com（作家在线）
印　　刷：三河市北燕印装有限公司
成品尺寸：130 × 210
字　　数：144千
印　　张：7. 875
版　　次：2015年12月第1版
印　　次：2015年12月第1次印刷
ISBN　978-7-5063-8090-4
定　　价：28. 00元

目录

contents

渡　江

我只敬重那些哭泣着并苦苦追求的人。

其实我本来压根儿就没打算写这样一个小说，或者说我根本就不想写什么小说了，那是因为我觉得生活本身的丰富或者光怪陆离远远超过了小说好多好多倍。如此，那虚构的小说又有什么意义呢？

但是后来我改变了主意。

这缘于去年秋天的某个黄昏，从长沙打来的一个长途电话。哥哥告诉我：老太太又去省委组织部了。

老太太是我妈。我妈叫菊红。

多少年来，只要菊红去省委组织部，这家里几个孩子就紧张，他们知道菊红不是去告状，就是要待遇。

孩子们很好，他们居然对菊红的行为有点不满。主要是害怕老太太一生气就犯病，一犯病就在医院躺很久。另外，他们也有点不好意思，到底都是些所谓的文化人，妈妈总是去吵闹，多那个呀。

菊红万万没想到，这就是她自己多年来教育孩子们的

“下场”。她总是要求孩子们乖乖的，听话！听她的话！听老师的话！听领导的话！也就是听党的话！

可是现在菊红有点乱了，她总是大吵大闹的。从她离休那年算起，几乎每年都能找到一个由头去省委。

唉！今年她又想起什么来了？

老太太这次的由头很有意思，她说她49年随大军渡江的时候，是那支南下队伍中唯一背着小孩过来的。这小孩，就是我的大姐菊乖，当时大姐才一岁半。老太太对组织部长说：“她应该也算是南下干部，也应该搞个离休。”

组织部长听了哭笑不得。在他所掌握的政策和处理的问题当中，还从来没听说过这种事。

听了哥哥在电话里讲述的这些，我在北京的那个黄昏一直呆坐到天黑。

今年春节我回长沙，向老太太宣布说，我要写一篇小说叫《渡江》。

老革命菊红听了很不以为然地说：“渡江是随便可以写的吗？那么伟大的战役，你了解多少？”

我听了很生气。如今的教育心理学认为：好孩子都是鼓励出来的。我虽然很不年轻了，但是在母亲面前不永远是孩子吗？菊红她怎么就不鼓励鼓励我呢？

我觉得我的承受能力还是相当可以的，回到北京，我还是开始构思这部小说，并且百折不挠地给老太太打电话，以期获得创作的灵感。没想到，菊红同志一点也不给我面子，她甚至弄得我几乎又决定不再写什么狗屁的小说了。

最初我这篇小说的开头是这样写的："1949年的春节，河北邯郸地区的大雪下个不停。无名县南盘村哭声一片……"

菊红严肃地打断我说："为什么哭声一片？"

"不是你说的吗？那年大年初一就开会，宣布了随大军南下的动员报告。然后北方老百姓迷信说，不可以过黄河呀！过了黄河会死人的，何况还要过长江。于是乎……"

菊红又不客气地打断我说："什么于是乎？哪里有一片哭声？那村里就走了我一个人，而且我还是孤儿，没有谁为我哭。"

我不高兴地说："你干吗那么认真啊？我写小说呢。要不，我写成东盘村的故事行吗？"

菊红很绝地说："我们那里有南盘、北盘、西盘，就是没有东盘。"

她简直气死我了。我不写了！

话是那么说了，该干吗还得干吗。

我决定打"迂回战"，不和菊红同志纠缠。第二天，我给姐姐菊乖打电话，问她要张子腾家的电话号码。

张子腾是我这部小说中最重要的角色，也就是那个男一号了，遗憾的是张子腾已经在八年前去世。讲他的故事，需要时光倒流六十年……

一

1949年春天，刚解放的北平大街上，人们惊讶地瞅着一匹枣红马飞驰而去，那马蹄扬起的尘土迷乱了人们的视野，压根儿就没有看清马背上的骑兵营长张子腾，但却莫名其妙地俘虏了燕京大学二年级女生朱金枝的芳心。

直到多年后的今天，朱金枝还不肯承认当年对张子腾的一见倾心。但是全世界只有张子腾一个人知道朱金枝对他渗到骨头缝里的、令他窒息的爱，这火热的、光荣诞生在新中国解放时期的、疯狂而不理性的爱情，来得是那样突然而不可思议。只怪这位燕京大学物理系著名的富家小姐物理学得太差，唯独只剩下对人体某种独特的电磁场效应的疯狂迷恋。

六十年前那个春天的黄昏，穿着格子图案背带裙的朱金枝坐在人力黄包车上，惊诧地看着张子腾从她身边驰骋而去的背影，就荒唐地决定："一定要嫁给这个威风的土大兵！"那时，她年轻而单纯的心里，没有比"革命""英雄""解放"等诸如此类的字眼更能使她感到兴奋刺激的了。这个大资本家的千金小姐，还从来没有什么事情能够难倒她。看够了声色犬马的朱金枝，觉得没有比"高粱米、粗布衣、财不贪、色不迷”的解放大军更值得她热爱的了。

其实那天张子腾正经历着一场天崩地裂的灾难：他刚刚从中山公园音乐堂听完朱德总司令关于渡江南征的动员报告，还沉浸在朱总司令代表党中央毛主席，向四野的全体指战员和参加平津战役的全体干部战士致敬的喜悦中。突然满脸泥汗的通讯员王大虎挤到他跟前，浑身颤抖着痛哭流涕地说：“营长！出事了！小龙他——”

小龙出事了！小龙怎么能出事呢？他是张子腾的独苗苗，今年刚满6岁。眼看就要解放全中国了，张子腾前天才把他娘两个从邯郸老家接到北平来，今天中午通讯员说带他出门玩，下午就被一辆黑色的小卧车撞了。

张子腾赶到医院的时候，一具小小的尸体被担架送出来。

张子腾傻了。

小龙的母亲当场疯掉。第二天，人们在北海找到她的尸体。可怜这位贤淑的农村妇女，还没来得及享受解放后的幸福喜悦，就这样追随儿子去了。

通讯员王大虎把匣子枪放在张子腾面前哭着说：“营长，你毙了我吧！”

张子腾布满血丝的眼睛瞪得牛一样：“放屁！你想这么轻松地死？没门！跟老子渡江南下！”

一个月后，浩浩荡荡的南下大军开到长江边。

这是一支多么奇怪的队伍：野战部队在前面开路，身着清一色草黄色或是灰色军装，每开辟一个战场，扫清一片障碍，后面的南下干部工作团就步步跟进，去接管这新生的领地。

南下工作团的服装却五花八门，搂到什么穿什么。有时前面部队打仗，会剩下一批俘虏的服装，或者干脆就是从敌人尸体上扒下来的军装，有的还带着血迹呢，就分给南下工作团的同志们穿了。当他们意气风发路过一座又一座城市和乡村，沿途的老百姓都万分惊奇地注视着他们，不知道是哪一部分的。

那个月黑风高的夜晚，张子腾策马前行，他听到一声婴儿的哭声从临时驻扎地传来。孩子的哭声刺激了他刚刚疼失爱子的神经，他情不自禁掉转马头顺着孩子的哭声寻去。

他在一间临时借来的老乡的茅草房子门口看见了一个正低头专注奶着孩子的年轻女人。

张子腾自己都没意识到，打从他失去孩子的那天开始，他就不能再正常地面对孩子的问题。他看见孩子就忘记了一切，眼睛直愣愣地盯着马灯下那一片白花花的乳房和婴儿嚅动的红红小嘴，脑海里浮现的却是儿子小龙的面容。直到另一个更年轻些的女子边喊着：“菊姐！”边从屋里走出来，看见张子腾吓得尖叫一声：“妈呀！”

但这女子马上就认出了张子腾。

她，燕京大学物理系二年级学生朱金枝。

一个月前在北平的大街上看见了张子腾的朱金枝，回家就把头发剪了，并向全家宣布要跟着共产党走，打过黄河，打过长江，解放全中国！

痛感家教无方的父母长叹一口气，居然也同意了。不过他们提出的条件是：必须带上保姆和丫环！

这真是太匪夷所思了！

但是聪明任性的朱金枝有她的绝招，她居然成功“策反”了家里的保姆王阿姨和从小和她做伴的王阿姨的女儿小慧，条件是私下里父母给王阿姨母女俩开工资，侍候金枝小姐，公开身份却是和朱金枝一起参加革命的同事。

这个从小就喜欢把全家搞得鸡犬不宁的大小姐，就这样带着贴身丫环和一个做粗活的保姆挤进南下干部队伍。这支特殊的队伍主要是由晋察冀和东北的一些地下工作者及边区地方政府干部组成，他们紧跟大军南下，每当解放一座城市，他们的任务就是根据各自特长去接收这些城市的各项工作。

那天晚上，朱金枝是那样戏剧性地遇见了张子腾，她一点都不感到意外。大小姐的脾气造就了她对一切事情都认为是理所当然的，那么她喜欢的骑兵营长张子腾自然会出现在她的生活中。

“我见过你。”朱金枝大大咧咧地对张子腾说。

张子腾，这位身经百战的英雄，还从未见识过如此开放的女子，夜色中，他脸红了。

朱金枝更加放肆地贴近了张子腾，热辣辣地盯着他眼睛朗诵般地说：“在北平大街上，你骑马奔驰着，吸引了满大街的目光——”

哎呀朱金枝！你这狐狸精变的，怎么就提起那个最让张子腾不堪回首的黄昏！

张子腾脸色突变，冲金枝喊道：“奔驰你娘个屁！”转身就上马飞驰而去。

其实，菊红在听到朱金枝那一声惊叫时，抬头就认出了张子腾。

不是冤家不聚头啊！

菊红和张子腾都是无名县南盘村人。

菊红原来叫菊花。11岁时，家境贫寒，被许给富农张奕天家的大儿子张子腾做童养媳。生得清秀柔弱的菊花性情却十分刚烈，第二年就跑到游击队当了通信员。16岁那年，延安派来的区委书记贺杰没老婆，党组织做主把菊花嫁给了他，改名菊红。

张子腾本以为自己不在意出走的菊红，但听说菊红嫁人的消息后，竟然十分不舒服，一气之下也草率和邻村一女子结婚，婚后不到一星期，他就参加了八路军……

菊红回忆着这一切，辗转不眠。

朱金枝同志也兴奋难平，就在这个夜晚，她才发现自己参加革命的动机是那样的不纯，她一直在等待这一天的到来。哈哈！没怎么费劲就等到了。兴奋之余，朱金枝又有点隐隐的遗憾，她更加渴望跌宕起伏或是峰回路转之类的，那才更来劲，更像她读过的那些西方或者中国的古典爱情小说。虽然那个人一声“奔驰你娘个屁”过于粗野，但是金枝反而觉得这人很好玩，很有个性。她决定要勇往直前，因为她的爱情和“革命”“解放”这样的字眼联系在一起，显得格外刺激并令她心潮澎湃。

两个出身、性情和经历如此迥然的女人，在这个不同寻常的夜晚想着各自不同的心事。

第二天一大早，朱金枝把工作团发给她的俘虏军服扔到一边，唤来王阿姨和小慧，翻箱倒柜，终于找到了她最中意的那件淡紫色改良旗袍，她要沸腾、她要飘扬、她要谈恋爱、她要出奇制胜!

昨晚折腾一宿的孩子睡得很香，菊红倒是被朱金枝吵醒了。她翻身起床，诧异地看着金枝奇怪的打扮问：“你这是要干吗去呢?”

朱金枝说：“去找林彪司令员。”

菊红吓得一下子从床上站在地上。

朱金枝加入南下工作组队伍的问题是经过大家热烈讨论的，很多人都不同意这个资本家小姐打入革命阵营，但是由于她太特殊了，也太坚决了，甚至把家里留给她的嫁妆全部卖掉，得来的钱都捐给了组织上。再说，菊红拼命为金枝说好话，大家才勉强通过。

应该说，朱金枝一路上除了带保姆丫环这点让人看不惯以外，其他表现都是令人满意的。虽说是一起来参加革命的同事，时间长了，人们也就渐渐看出这母女俩是金枝的仆人。

有次急行军，金枝走不动了，王阿姨连忙去背她。

队伍开到黄河边，通知大家休整休整，金枝却非要王阿姨在树上搭根绳子做成秋千，然后叫小慧来推她玩儿。

金枝在秋千上陶醉着，对小慧说："我最喜欢玩秋千了。"

小慧不高兴地说："我也喜欢。"

金枝听着觉得有点不对劲，哼着鼻音说："哟！敢情要我来推你是不？"

小慧倔倔地说："我没那么好的命，我也不会剥削别人。"

这话其实也没什么，关键是不符合金枝的习惯，具体说就是金枝平时习惯小慧对她的温顺，突然这样，她很不习惯，但她很清楚，是革命改变了小慧。

金枝尖叫起来："王阿姨！你快来！"

金枝想的是，要把小慧突然出现的"毛病"扼杀在襁褓之中，不然时间长了她还不反啦？金枝这种思维是从她当资本家的父亲身上延续来的。

王阿姨来了，听罢金枝的"控诉"，把小慧呵斥了一通。

小慧一个人坐在河边哭了很久。

这成什么体统？

起初大家对此非常不满，但金枝的优点和她的缺点同样突出，比如她最可爱的时候就是一看见大家没吃没喝的了，立马卸金耳环、撸金戒指，不知换回多少粮食和生活必需品。

可是她今天怎么了？

菊红是女同志里的党小组长，有帮助朱金枝的义务，所以她不能让朱金枝这个还没有改造好的剥削阶级的后代自由泛滥。

“找林——”菊红听说朱金枝要找司令员，那么大的官，吓得倒噎了口气，定定神，才说：“你找司令员干什么？”

朱金枝瞪瞪眼，回头看看王阿姨和小惠说：“你们出去。”

王阿姨拉着小慧退出，金枝幸福的表情立马溢于言表：“菊姐，我、我想结婚。”

菊红吓一跳：“跟谁结婚？”

“昨天晚上那个骑马的。”

菊红大吃一惊：“他？你，认识他吗？”

朱金枝看到菊红吃惊的样子觉得很好玩，哈哈大笑着说：“不认识呀！干吗要认识呀？四野就那么个骑兵师，这个人我看至少也是连长，我去问司令员要他帮我找找不就行了吗？”

啊！这就是女人和女人的不同，这就是阶级和阶级的不同，这就是思维和思维的不同！

菊红被这位新潮的富家小姐崭新的爱情观弄蒙了。她刚要说些什么，一群国民党的轰炸机怪叫着，在长江沿岸扔下大量炸弹，顷刻间，江水溅老高的巨浪，地面上也被炮弹炸得狼烟四起。朱金枝惊叫一声，便想往农民家的地窖里钻。有经验的菊红一把拉住她大声喊道：“这地窖不结实，快跟我来！”

菊红左臂搂着女儿，右手拽着朱金枝，眨眼工夫就滚进临时挖的战壕坑道。

炸弹在她俩不远处轰然作响，尘土暴雨般将她们覆盖……

不知过了多久，金枝哭喊着：“菊姐！你活着吗？”

菊红挣扎着抖搂头上的土，大声说：“活着！孩子也乖，你看她睁着眼睛还不哭，我的乖乖我的乖乖啊！”

金枝爬起来想跑到菊红跟前去，菊红大吼一声：“金枝！快趴下！”

又一颗炮弹在她们附近炸响。

轰鸣声中，菊红对朱金枝说：“你还想不想结婚了？”

金枝不带打奔儿地说：“想。”

菊红说：“那我告诉你，昨晚那个骑马的男人我认识他。他和我是一个村里的。他叫张子腾，你很快就可以找到他，不用麻烦司令员了。但是你总不能一厢情愿啊，我好像听说他已经成家，不知道现在什么情况，我会请组织上帮助了解了解。再说，你也太老百姓作风了，这样的事情还要去找首长，以后可不许这样。”

朱金枝的眼睛闪着惊喜的光芒：“菊姐，你们青梅竹马？那，你为什么没有爱上他呢？”

嗨！这个朱金枝。

可惜菊红没读多少书，不然她立刻就会想起莎士比亚的《仲夏夜之梦》。因为，张子腾无论是性格还是长相都不是一般女人能够接受的。总之，菊红一看见他就莫名地害怕，而朱金枝这个洋派的小姐却对他一见钟情。世界上的事情谁能说明白？

四周突然安静下来了，静得令人生疑。

菊红突然想起来了，惊恐地问：“你的王阿姨和小慧呢？”

朱金枝刚想说，轰炸刚开始时，看见她们跑进了地窖，但她的嘴张开就没合拢。她看见，那废掉的地窖被炸弹炸成了大坑。

朱金枝一屁股坐在地上放声大哭。

张子腾万万没想到，解放长沙竟然“兵不血刃”。

他依然骑着他心爱的枣红马随大部队开进长沙城。接受总部命令去接管原国民党湖南省政府大楼。

整个空空的大楼里走出来一个门房，毕恭毕敬地把一大串钥匙递给张子腾：“长官请查收，这是大楼所有的钥匙。”

这哪像解放一座城市啊！张子腾很不满意，作为军人，他觉得这太不过瘾了。那种“不战而屈人之兵，善之善者也”的文绉绉的理论，对这个并没读过几天书的骑兵营长来说，没什么意义。他一屁股坐在原省主席程潜的办公室沙发上，使劲颠了颠，又在楼里到处张望了一圈，进到厕所撒了一泡尿，这才意犹未尽地在空无一人的会议室大吼一声：“我宣布：长沙——解放啦！”说罢，他就摔倒在地上。南下这一路紧跟着他的通讯员大虎冲过来把他背上就赶往医院。

张子腾这次住院，成为他人生的一个里程碑。

如果说，一个男人娶了一个女人并和她厮守终身，那么这个女人应当就是这个男人某种意义上的里程碑。至于这“里程碑”是红的黑的还是灰的白的，另当别论。

张子腾是在渡江的时候受伤的，从老乡那里租来的木船载了十几个人加上他的枣红马，颤颤悠悠地危险极了。敌机在头上盘旋，对岸的国民党守军不停地用轻重机关枪疯狂射击，张子腾害怕他心爱的马受惊受伤，竟然趴在马背上用自己的身体保护它，结果一颗子弹打进他的大腿。在武汉做完手术伤口一直没有愈合，凑合到长沙已经化脓感染了。

就在这所医院里，张子腾和朱金枝正式相遇。

这一回，张子腾看见朱金枝一点儿也不反感了。

在长江北岸的那个夜晚和朱金枝邂逅没几天，正式渡江的那个黄昏，张子腾又看见朱金枝和几个女同志在起劲地打快板：

“同志们，快快跑，
守江的敌人没多少，
只要咱们打过去，
包他一个逃不掉！”

张子腾在一旁默默地看着眉飞色舞的朱金枝心想：“这个‘奔驰’的傻妞还挺来劲的。”

朱金枝呢，看见了张子腾当然更来劲。她卖力地喊着唱着，红扑扑的脸上淌着汗水。

在这个不寻常的黄昏，张子腾还在江边的一颗大樟树下遇见了贺杰和菊红两口子。

区委书记出身的贺杰一边仔细地擦着手枪，一边严肃认真地对张子腾说：“毛主席今晚不睡觉！”

张子腾愣愣地看着贺杰：“这是什么意思？”

贺杰吃惊地反问他：“你这个同志怎么连这都不知道？主席对咱们渡江战役十分关注，打过长江，就意味着全中国要解放了。他激动啊！睡不着啊！我们不能辜负了主席的期望。”

张子腾听懂了，但他心里很不舒服，觉得贺杰跟他说话的口气就像在给下级上课。他心想：你有什么了不起？南下工作团又不是正规军，老子还带兵打仗呢。

表演完毕，朱金枝勇敢地冲到张子腾跟前，把一朵栀子花插到他军装上衣口袋里，张子腾闹了个大红脸。

贺杰两口子笑了。

朱金枝看见贺杰的手枪很好奇，非要拿过来，对张子腾说："英雄同志，能否教我打手枪？"

他们四人就在江边练习打靶，结果是：菊红枪法第一。

两个男人觉得很没面子，贺杰掩饰着说："女人打手枪比较合适，举手之间的事，要得沉住气。"

张子腾迎合说："对！还有男人心脏比女人大，跳得快，所以——"

这是什么歪道理？朱金枝虽然不懂打枪，但还是被张子腾的这番话弄得哈哈大笑。菊红也忍不住笑了。

幸亏这时张子腾的通讯员大虎牵马匆匆过来说："营长，总部通知我们随先遣兵团渡江。"

张子腾飞身上马。连句招呼都没打，就"奔驰"而去。

朱金枝看呆了，她爱死张子腾"奔驰"的样子了。

菊红看呆了，她总觉得张子腾奔驰而去的背影是一种暗示。

贺杰也看呆了，他是被两个女人发呆的样子弄得发呆。

那天，他们整整一宿都没睡，直到凌晨，嘹亮的冲锋号响起。

江面上，千百艘突击队的船排着队列一齐向对岸挺进。迷蒙的江雾中，还依稀看得见水手们忙着竖桅杆、挂风篷、架橹掌舵……

6点30分，长江对岸升起了信号弹。

朱金枝尖叫着：“啊！渡江啦！渡过去啦！渡过去啦！”

菊红亲吻着小菊乖，激动的泪水流下来。

贺杰转入南下地方工作团，没有仗打，觉得有点窝囊。他手痒痒地摸着那把盒子枪，看着江对岸冉冉上升的信号弹呵呵地笑：“这下毛主席可以睡着觉啦！”

只不过他们都万万没想到，在标志着全中国解放的渡江战役打响前夜，在长江北岸的这棵樟树下，也同时拉开了两个家庭生生死死的惊心动魄的悲喜剧序幕。

朱金枝失去两个保姆后，生活上不会自理的她过得很狼狈。渡江的时候，她在船上一直呜呜地哭个没完，生怕自己会死掉，还不如菊红怀里的女儿菊乖呢。朱金枝没多久就生病了。解放长沙时，她是被担架抬过来直接住进了医院的。

啊！金风玉露一相逢，便胜人间无数。

当朱金枝在医院再次遇见张子腾的时候，就毫不犹豫地向这位她眼中的大英雄发起总攻。不管张子腾脸上如何没有表情，她一律只管用娇滴滴软绵绵去化解他：“我还是只对你在北平大街上骑马奔驰的样子印象最深。”

这回张子腾不生气了，他一把粗鲁地将金枝搂到了怀里，用他的络腮胡子去扎金枝的脸，他说：“奔驰你娘个屁。奔驰、奔驰……”

唉！还是同样的话语，但是意思完全不是那个意思了！

在医院休养的大好时光，朱金枝和张子腾两位同志恋爱的消息风一般传遍整个南下队伍。大家都感到太奇怪了，太意外了，太不可思议了。

朱金枝对这种效果十分满意。要用后现代的话说，那不是恋爱，那是行为艺术。

白白胖胖的朱金枝和又黑又瘦的张子腾站在一起，怎么看怎么像新旧社会两重天。

旁人看来张子腾是摔一跤拾了个金元宝，奇怪的是张子腾对朱金枝倒不是那么热乎。表面上看去，他还有点怕金枝，唯唯诺诺的样子。

嗜酒如命的张子腾有次喝醉了，对菊红的丈夫贺杰说：“这老婆，还真不是摆着看的。你说，金枝她万般的好我都知道，那怎么和她过日子就没个热乎劲哪？”

贺杰批评张子腾是“农民意识”。

其实，张子腾他是有苦难言。结婚的前一夜，他就经历了一场灵魂上惊心动魄的厮杀。

那晚他俩一起布置新房，突然间张子腾被千娇百媚的朱金枝点着了，他火急火燎地一手抱住金枝，另一只手忙乱着去褪她的裤子。

万万没想到，朱金枝尖叫着喊：“你这个臭流氓！”用长长的指甲划破了他的脸。更为可怕的是，当金枝奋力挣脱他后，居然顺手抄起那把刚剪过“喜”字窗花的剪刀要刺向张子腾。

可怜张子腾，一个身经百战的战斗英雄，被这个不可理喻的女人弄得目瞪口呆。

尽管事后朱金枝娇嗔着解释说，要把无限美好的处女之身留到最美好的时刻，但是张子腾还是一直心有余悸。那一个夜晚他都在呆想着：和这个女人结婚对吗?

二

小说写到这里，我有点害怕了。把一个革命者的生活写得乱七八糟，把菊红心目中神圣伟大的渡江写得那么琐碎，老太太不会饶我的。她经常批判我的最严重的词就是“反动”。

正当我看着电脑发呆的时候，大姐菊乖的电话来了。她气急败坏地说：“菊米你得赶快回来一趟，老太太她——”

我顿时手脚冰凉，我以为、我以为——

幸好菊乖接着说：“她说她要退党了!”

啊!

这也太严重了!

菊红这样的老布尔什维克，居然会产生如此的念头，实在是匪夷所思。

我赶到长沙，83岁的菊红气呼呼地说："省委最近有新政策：1953年以前的正科级干部，可以享受在湘江医院高干病房住院的待遇。"

我听了哭笑不得，你不是正享受着吗？你也可以去住啊！国家规定你住哪里都可以报销啊！

菊红说："不对！他们没有把我列入到这个政策里面去。"

唉，管他政策不政策，只要效果一样不就得了吗？话是这么说，其实我心里明白，老太太要的是名正言顺。

怎么会一样呢？太不一样了！

好吧，那为什么就不把你放在这个政策照顾的范围里？

不为什么，他们坏！

菊红说的"他们"，是指她单位上个别人。确切地说，是一个叫任苑的女人。

任苑的背景很复杂。

1949年长沙和平起义前，原国民党临时代省政府主席的陈明仁和程潜分别发表《告湖南民众书》、《告将士书》和《告全省各级官兵及所属军师官兵及全省人民》的文告，宣告了脱离国民党政府并投诚起义后，在蒋介石的死党白崇禧的多方利诱、欺骗和策反下，随陈明仁起义的第一兵团71军有两个师叛逃出走。任苑的外公就是这两个师长中的一个，听说在台湾一直活到90岁。

到底是龙生龙，凤生凤，如今不唯成分论的大局下，我们也开始可以公允地评价一个人，何况人品归人品，能力归能力，更不要说出身什么的。啊！我说不清了，现在一说这样的事我就觉得自己没智商了。特别是当我看到一个极其弱智特别是一个极其阴暗的人掌握着很多人的生死大权的时候，我都惊出一身冷汗。就是北京油子说的那副对联“说你成你就成不成也成，说你不成你就不成成也不成”。横批“怎么都成”。任苑现在的职务是菊红单位上的人事处长。列位可都明白这个位置是何等重要。

任苑她怎么你了？我问。

她一直刁难我，我的事情不能落实，就因为她说我的档案有问题。

菊红的档案有问题，这是孩子们都知道的。这个“问题”是她曾经的亲密战友张子腾同志整出来的，菊红为此恨死了他！

但是这个所谓的问题不是在粉碎“四人帮”以后早解决了吗？

哼！那个姓任的女人刚开始说我的档案找不到了，过了半年，人家的事情早都解决了，她才假装找到了我的档案，我问她在哪里找到的，她说在档案柜子里。那你前半年到哪里去找我的档案了？难道在垃圾箱去找？鬼来哒呐（菊红现在说话经常带点长沙口音，南腔北调那种）！

后来呢？

后来她又说我档案上的记载不能说明我在1953年以前是正科级干部，所以不能把我纳入省委这次照顾的序列中。

那你1953年在干什么？到底是什么职务？

哎呀！我们那个时候的人哪像现在的人这么精！我们就知道工作不计较升官发财的事。再说刚解放那会儿，共产党的干部都是这里设一个股，你就是股长，那里设一个组，你又成了组长，过些时候你还可能是主任、部长呢。谁会和党计较这些小事？

菊红居然说这是“小事”！

既然是小事，为何半个世纪后的今天还为这样的小事烦恼？她可知道这样的事情如今已经成为天大的“大事”？

我坚持要菊红想清楚，究竟怎样才能证明她当时就是科级干部。

菊红说，当时我吃中灶。

这是什么意思？

那时我在召阳工作，行政级别定为21级，相当于区长、区委委员、营长之类的，我们这个级别的同志们都吃中灶。

这些你给任苑说了吗？

我给她说什么？她就是成心使坏。我当时要求她函调我的情况证明，召阳方面前后一共邮来了三次证明，她都说没有收到。后来竟然还派了一个调查小组专门为这事去召阳，当地的领导知道他们无聊不理睬他们，又一无所获地回来。我太生气了，我不是生气我是太伤心了。老子革命这么多年，都80多岁的人了，为这样一点点小事，他们居然对我大动干戈。幸亏这个政策既不和级别挂钩又不和工资挂钩，否则的话他们还不杀人啊？太过分了！我想成全他们，我不要这个待遇了！我退党！

你这样，那些坏人不就更高兴了吗？

经常学习看报掌握中央政策的菊红清醒地说：哼！我叫他们高兴。现在党中央强调的是和谐社会，我这样被他们迫害，我要真退党了，他们的乌纱帽也难保。

我痛心地、难过地看着菊红。这是一个严重的事件，而我说服不了她，其实是我更说服不了我自己。

我看到了整个事件的巨大荒诞。

在我暂时没有理性地梳理清楚这件事情之前，我先选择了气愤。

任苑你这个狗女人，死去吧你！

激愤之中我甚至想起了我小学同学唐玛西，他爷爷是清代的大学究呢，可是他的转基因就没完成好，他成绩一塌糊涂，就干脆自暴自弃，后来成了长沙城里数得上的黑老大，打群架出了名的，公安局长听到他的名字都头疼。长沙人喜欢把鸡屎叫成“糖马鸡屎”，和唐玛西的名字谐音，同学们就叫他“糖马鸡屎”了。

糖马鸡屎一直对我极其崇拜，而我对这位“粉丝”却极其恼火。我骄傲的心里想，被他这样的人崇拜真是没面子的事情。但是现在，此时，我不这么认为了。

我惊骇地瞅着被自己撕开的复杂的人性。然而我更惊骇于世间的法则被摧毁后的混乱和恐怖。人人自危！

那好吧！

后来我对菊红说："我来帮你写退党申请书。"

真的写啊？

不知为什么，菊红突然间有点怯怯的样子。

也许是我的表情吓着了她。

写。我说。

我狠狠地翻来一大叠信纸，坐到沙发上，打开落地灯拧开笔帽对菊红说："从你参加革命开始写起。"

为什么呢？

因为我知道你心里并不想退党是不是？被坏人气的是不是？即使要退党也要和党讲清楚什么原因是不是？

菊红的眼圈开始发红。她的表情使我联想到一个特别爱自己丈夫的女人，出于无奈而不得不写下离婚报告的样子。

由于一个这样特殊的事件，使得作为女儿的我有生以来头一次这么完整地了解了菊红辉煌的一生。

更有意思的是，菊红在叙述过程中，说着说着就忘记了自己写这个报告是干什么用的，或者说她完全忘记自己的初衷了。是的，她只是要叙述而已：

我12岁的时候，就参加了游击队。

只是个通信员而已。我提醒菊红说。

通信员怎么了？鬼子进村的时候，还是我爬到树上发现的呢。

难怪，我小时候也会爬树，敢情是遗传的。我插嘴说。

菊红呵呵笑了（注意，从现在开始，她忘记自己要干什么了）。

你和我爸结婚，是组织上做主的吧。

是啊，那时我想上学。他们就说：结婚就是上学。

唉！我大叹一口气说：我的命和你一样，我也是组织上做主的嘛。

菊红严肃地说：你怎么能和我们那时候比？

好好好！后来呢？

后来你爸爸从延安抗大来到晋察冀，刚开始被分配到山东枣庄搞情报工作，每个月要去两次。每次去都要骑两天自行车，车上还驮着大包的棉花作为掩护，遇到敌人就说是做棉花生意的。那段时间把他累出了肝病，他自己一直不知道。

1948年的冬天下好大的雪。刚过完年，哦，不对，就是大年初一那天通知我们开会，听南下动员报告。报告会上说，毛主席决定，要刘邓、陈粟、林罗三路大军下江南，去赢得全国的胜利。我们的口号是："打过长江去！解放全中国！将革命进行到底！"

菊红说到这里，脸上泛出自豪的光泽。

我说那你当时带着一岁的姐姐，就没想到路上有多艰难吗？

菊红的神色黯淡下来：可不是吗。你们几个孩子就菊乖最可怜，她一路上没吃没喝，走到哪里都是当地老乡给的馒头沾水吃。

我赶紧转移话题，以免老太太又想起给菊乖要离休待遇的事情。

我说我有个战友，他们家也是南下干部，人家就落户在了上海，你们当时怎么就没想到留在上海呢（这个菊米有点可恨，她喜欢上海，所以经常责怪菊红当年没留在上海）？

那是到了武汉以后统一分配的嘛。说我们河北人老实，对付不了精明的上海人，就派山东人去了上海。

那湖南人不是更精明吗！我有次在火车的软卧车厢听一个江西人说了一路对湖南人的看法。他在江西的那个兵工厂里只有三种人：江西本地人和上海人、湖南人。他说上海人太精明了，江西人玩不转他们，但是那些精明的上海人在革命斗争性很强的湖南人面前，就软泡了。搞得那些江西人和上海人最后要团结起来对付湖南人（听说主要是长沙人）。

老太太菊红听了竟呵呵笑起来。是啊！要不开国元帅那么多湖南人，厉害嘛！刚来这里，天天下雨，下了一个月。我们害怕了，以为天会塌下来。想起老家的人说的北方人不能过黄河更不要提过长江，过了会活不了，我和你金枝阿姨她们抱头痛哭。

我同情地看着菊红。母亲啊！你是怎么走到了今天？

但我只好用玩笑来缓解这种悲哀说："你们赵国人跑到人家楚国来，还想咋的？"

菊红说，我们并不知道渡江以后就不再返回去，心里还一直惦着邯郸还有老房子呢。

那后来呢？

后来，工作忙，各种任务压得满满的，就没工夫想那些了。

是啊，菊红后来参加了土改和三反五反、统购统销还有湘西剿匪……

菊红一口气说了三个小时，如果不是为了她的身体我阻止了她的叙述，她还会滔滔不绝地说下去。

但是显然，菊红一点儿也没有怨气了。岂止没有怨气，她简直就是激情磅礴豪情满怀让我惊诧让我自惭形秽。那个红色年代给菊红这代人灵魂和精神上的滋养，使他们受用终生。尤其是对于崇高的追求，而使这一辈人建立起来的战无不胜的精神秩序，这是我等俗人如何也体验不到的某种意义上的辉煌。

最后，菊红还背诵了一首毛泽东的诗词：

钟山风雨起苍黄，
百万雄师过大江。
虎踞龙盘今胜昔，
天翻地覆慨而慷。
宜将剩勇追穷寇，
不可沽名学霸王。
天若有情天亦老，
人间正道是沧桑。

菊红说：蒋介石当时正焦头烂额呢，听了毛泽东的这首诗，都气急败坏了。

说到这里，菊红竟然高兴得哈哈大笑。

菊红不退党了，她把“退党报告”撕了。

幸福能够使人宽恕一切！回忆使菊红恢复了身份感，她明白自己不能和“坏人”一般见识。

菊红再一次启发教育了我，是我深感幸福是一种能力。我们这辈人，生活越来越好，但感受幸福的能力却越来越差。我们到底缺什么呢？

三

但是，接下来的故事就令人有一种撕裂的痛：

1953年的统购统销，菊红一个人完成了一个贫困乡12万斤粮食的任务，每次说到这事，菊红就有一种由衷的自豪感：

你以为那容易啊？农民已经交完了公粮，你又要搞统购统销，那就意味着要从农民有限的口粮中再抠出一些来。如果不懂得掌握政策的尺寸，不依靠当地的乡长、村长和民兵队长这些人，工作就没法开展。谁家有多少粮食？包括多少斤红薯、多少斤南瓜都要算作口粮。至今说起这些，菊红都如数家珍。

菊红的工作是那样出色，她作为第一个完成交公粮任务的干部，本以为可以大喘一口气或者休息了。但是鉴于她卓越的能力，党组织又把她派往一个叫做马蹄峪的乡镇，继续做统购统销工作。

这个乡镇的统购统销工作在菊红到来之前居然一潭死水，毫无起色。原因是派到这里负责这项工作的是长沙来的一名男大学生，住在人家专门为他腾出的干净屋子里，天天懒觉睡到太阳晒屁股，然后就到处去找能够填饱肚子的食物。当地农民反感他，就把粮食藏起来。他连自己吃饭都成问题，哪有多余的粮食可以收购？到最后，他饿得跑到山上去捡野生板栗吃。

菊红来到马蹄峪，一揽头住进农民家，和他们同吃同住同劳动。当地农民一下子就喜欢上了这个北方来的大方漂亮的女干部。一个月后，奇迹出现了，菊红再度圆满完成任务。

离开马蹄峪的时候，菊红长了一身虱子。

按说，菊红的工作如此出色，是一定会受到奖励或是安排一个好单位了。

但万万没想到，命运在这里和菊红开了个天大的玩笑。

本来党组织要把有能力的菊红安排到县政府，但因为地委需要更多的干部，把县上很多基层干部调走了。菊红回到县上时正好县贸易公司的总经理被调走，县党委经过讨论，就决定把能干的菊红派到贸易公司临时抓全盘工作。当然，这里面更多的是菊红的丈夫县委书记贺杰的意思。

菊红努力工作，贺杰并不开心。这个陕西农村出来的革命者，觉得老婆就应该像个老婆的样子。所以菊红的工作做得越好，贺杰就越是烦恼。他下定决心不能让菊红进县委领导班子，否则的话，那还了得？他做男人的面子和当书记的威风都将受到威胁。

贺杰万万没想到，他的这个错误决定，毁了他自己和菊红一生。

菊红来到贸易公司，头一个见到的就是公司的副经理王德彪。说也奇怪，无冤无仇的两个人一见面就不对头。

佛教里讲这叫“孽缘”。

王德彪是Y地区人，穿着一身鬼子军服，脚蹬一双不知从哪里捡来的皮鞋，整天把大背头梳得油摸溜光，用阴鸷的三角眼盯人。

菊红看见这个人，心里就不舒服，自己也觉得奇怪。为什么呢？她想了好几天才想起来，哦，这家伙的长相和打扮怎么看怎么像当年游击队抓到的一个日本汉奸。

后来才知道，解放前王德彪是当地一个游手好闲的二流子，到处蹭饭吃，也做点倒手买卖挣两个零花钱。解放军来了，他不知怎的变得非常活跃。脑袋瓜子比一般山民灵活得多的王德彪，很快就取得了当地政府的信任，菊红接管工作的时候，王德彪已经是中共预备党员了。

王德彪也不喜欢菊红。

从这个案例可以看出，被所有的人喜欢并不是一件好事。或者说，好人并不能使所有的人喜欢。

在菊红到来之前，王德彪差不多有点呼风唤雨的样子，但是当他看见菊红的第一眼，就倒吸了一口凉气：这个女人！

他几乎是这一眼就深知：菊红那一身的正气，决不能允许他这样苟且之人在革命队伍里混。

好比王德彪是干了坏事的狐狸，菊红是猎人的那杆钢枪。这只狡猾的狐狸用后脑勺就感觉到了猎枪的危险。

王德彪的前任领导对他十分信任，所有的账目都是由王德彪一个人经手，而那位领导只要有肉吃有酒喝，所有的事情都摆平了。

菊红就太不一样了，菊红软硬不吃。这个女人，怎么比男人还难缠！

自从来了个南下干部菊红，王德彪就如坐针毡。特别是三个月前的党小组会，讨论王德彪的入党转正问题，菊红严肃认真地、坦诚地谈了自己的看法，她不同意王德彪转正。原因主要是认为王德彪同志是刚从地方发展起来的，政治上成熟度不够，有待加强学习和改造世界观。另外，公司还有些账目没有查清。

王德彪这人很有特点，他不好色，但是他极有野心，天生的政治野心。尽管解放前他只是个二流子，但是他一眼就看到了革命的前景和无限好处。根据他灵敏的嗅觉，感到革命是一本万利的好事，是空手套白狼。所以，要是有谁胆敢在这个问题上侵犯了他的利益，他一定会和他血战到底！

他一直在想，只要有机会，就要毫不手软地踹掉这个女人。

这个坏蛋的运气好，没想到机会真的来了。

不多久，菊红被派到省城长沙去参加一个干部短训班。这个班的学员大部分是南下干部，一起南下来的同志们好久没见面，突然集中在这里，真是高兴激动得没法说。

金枝也来了，看见菊红激动得尖叫一声冲上去拥抱她。

菊红没受过这个，有点不好意思。

大家嚷嚷着要打牙祭，金枝也一如既往地抢着去结账。

菊红和金枝住一个房间，菊红睡上铺，金枝睡下铺。

是金枝安排的，她进门就对菊红说："你不是会爬树吗？你睡上铺好了。我不会爬，而且我会晕。"

听起来这话没错，但不能琢磨，就是觉得哪里不对劲。

周末姐妹们邀着去逛街，菊红看上了一幅湘绣被面，绣了菊花的那种，就请金枝帮她参考。金枝嘴不上锁地说："菊花是穷人喜欢的，都解放这么久了，你应该改变一下自己的审美，牡丹才是大富大贵。"

隔壁寝室的长沙女孩王喜妹见金枝穿过的那件紫色旗袍很羡慕，也给自己挑了一件淡绿色的旗袍，虽然她明白只能在房间里穿着臭美。金枝却当着大家的面对喜妹说："你不能穿旗袍，你的乳房不漂亮，屁股也长得太靠下。"

所有的人都惊呆了。

喜妹涨红着脸，憋了好半天才说："你真变态！"

金枝激动地说："我怎么变态了？你老土嘛还不虚心，中国女人的身材不能和欧洲女人比的，人家的屁股——"

菊红忍无可忍地大喊一声："住嘴！"

这样的对话在那个年代是一件严重的事情，因为同志之间的感情被伤害了，是大家都不愿意的。作为女生部小组长的菊红，自然要主动找金枝谈话。

但是金枝已经不是南下前的金枝了，这是因为她的丈夫张子腾已经当地委书记了，而菊红的丈夫贺杰还只是个县委书记。金枝在这样的问题上很有“感觉”，能够飞快进入角色。

谈话的效果可想而知。菊红心里很难过，她想不通。战争年代环境那么艰苦和危险，但同志们之间相濡以沫，团结奋战，终于迎来了革命的胜利和全中国的解放，可现在这是怎么了？菊红只知道，这太不应该了。但她没合适的语言去教育金枝。金枝不是著名大学的学生吗？读那么多书的人，应该是懂得自己教育自己的。

到了临睡觉前，菊红刚把电灯拉灭，金枝突然说：“菊姐我有话给你说。”

菊红很高兴，以为金枝要道歉。她万万没想到，金枝又撕开了她另一个伤口。

原来，金枝和张子腾举行婚礼不多久，就回了一趟张子腾邯郸的老家。不知她从谁的嘴里听说了菊红曾经做过张子腾童养媳的事，从此她的心里就不能平衡。由于朱金枝没有及时调整好自己的心态，使得这种情绪一直在升温，不知道烫伤了多少人。

这天晚上，朱金枝就是在这样按捺不住的失态之中脱口而出：“菊姐，我都知道了你和我家老张的事情。”

因为菊红从来就不认为自己和张子腾有什么关系，而且这么多年来各自过自己的日子，她差不多把以前那段根本没有成为事实的事情忘了，所以看着金枝莫名其妙的醋兮兮的样子，菊红觉得又好笑又可气。

菊红和朱金枝在长沙干部短训班的交锋，使得两人的关系急转直下。朱金枝决定不喜欢菊红了，不把她当朋友了。再说，朱金枝也没有什么理由一定要费神去处理好和菊红的关系。简单地说吧，她用不着她了。她原来的小资产阶级知识分子身份已经无需改造，因为她通过嫁给一个英雄便飞快完成了别人需要漫长而痛苦的改造过程。

再说，菊红说到底了也不过是个工农干部而已。金枝却是名牌大学生啊！

金枝当上官太太了，又连着生了五个女儿，便经常不去上班，没事就在家描眉点唇，胡思乱想。金枝越来越觉得自己真的不可救药地爱上了张子腾，要不她怎么老是害怕他不爱自己了呢？她怎么老是想着菊红曾经是老张家的童养媳这件事情呢？

可怜这个名牌大学的佼佼者，就是不肯承认一个事实，那就是自己生完孩子以后的身材剧烈变形。她年轻时引以为骄傲的高耸入云的胸部，现在崩溃得一塌糊涂。

张子腾总是开玩笑说：“自从我占领了这无名高地，它就沦为沼泽。”

金枝就用特制的乳罩狠劲把那堆稀松的赘肉勒起来集中在胸前，搞得远近几百里的人都知道地委大院里的这道前挺后撅的“风景”。张子腾并不买账，讽刺她说：“看上去前面后面一个样。”金枝气得绝食了一整天。

更气愤的是菊红也生了一儿一女两个孩子，她就不变形，不仅如此，她反而比以前更光彩、更丰润、脸上的线条更柔和。

金枝每次看见菊红都毫无根由地蔑视地想：到底是没文化的人。并且到了晚上就要和她的假想敌“争宠”。她会使劲地往张子腾怀里钻，并使出浑身的招数让老张舒服。其实老张对男女间的这种事还不如对革命工作、对喝酒吃肉更有激情，所以面对朱金枝的热血沸腾，老张总是勉强应付。完后金枝还要折腾，他就说：“行了行了！有完没完？”

金枝听了又生气又恐惧，觉得肯定是老张对自己不感兴趣了。她刚安静下来，又在被窝里摸索着。

张子腾老是觉得金枝有点奇怪，说你找什么？

金枝娇娇地说：你的手。

张子腾叹口气，慷慨地把手交给金枝，金枝一把将他的手拉到自己怀里，这才入睡。

那件严重的事情说来就来了。

事情还是从菊红在长沙买的那床菊花被面引起的（出

于对金枝的不满，她还是买的“穷人喜欢的菊花”而不是“富人欣赏的牡丹”）。

菊红一直有点害怕党分配给她的丈夫贺杰，尽管都生了两个孩子，但他俩的关系还是很像是上下级之间的关系，所以自己工作和生活上的事情她从来不和贺杰说。

菊红从长沙学习回来，首先就把被面藏在箱子最底下那层。她怕被老贺发现，她一定会挨骂的。当时大家都没钱，菊红豁出去买了被面，是因为她想着邯郸老家买不到，将来带回去可以做个纪念（她一直以为，革命成功后，党一定会把他们南下来的同志们调回北方）。而老贺，最不能容忍的就是浪费和奢侈。他在所有人的眼里，也是出了名的不徇私情的领导。前不久地委书记张子腾一行人来视察工作，办公室梁主任听说张书记喜欢喝酒，就差人提前去Y地区供销社打了好酒，到农民家杀了头猪来款待张子腾。贺杰在酒桌上知道了这件事情，当场就和梁主任翻脸，大骂他用公家的钱拍马屁，搞得张子腾一行都下不来台，不欢而散。

为这些事，菊红小心翼翼地提示过贺杰，劝他和大家融洽一些。

贺杰瞪眼斥道：“你的意思是要我和坏人坏事同流合污？”

菊红不懂更多的道理，但觉得这话有点过分，就温和地反驳说：“都是一起革命的同志，哪来那么多坏人。”

贺杰更是提高了嗓门说：“我告诉你什么叫好人什么

叫坏人：这世界上呢，没有绝对的好人坏人，再好的人，不认真改造自己，也会突然做一件或者好几件坏事；而再坏的人哪，有时候良心发现，也会做一些好事。所以，我们革命者就是要每天都检查和改造自己。这样才能保证永远不做坏事、不当坏人。”

菊红温顺地垂下眼睛。她心里觉得丈夫说的很对，但很难运用到生活当中。她甚至从贺杰的这番理论发现了他的职务为什么总是上不去的主要原因。

水至清则无鱼啊！

那天是个周末，菊红一醒来就两个眼皮乱跳，一摸身边，老贺不在了。

这么早就出门，干什么去了呢？

专门请来带女儿菊乖和儿子豆豆的保姆周阿姨神秘地告诉菊红：“贺书记找东西，翻出了你箱子底下那床被面，他拿着被面出去了。看上去很生气的样子。”

菊红听了非常生气。但她只是生气而已。

菊红万万没想到，灾难从此拉开了序幕。

说也奇怪，那天明明是星期天，贺杰怎么会到菊红单位上去呢？更奇怪的是，贺杰一进门，就遇见了那个好吃懒做的二流子出身的王德彪。

因为贺杰夫妇平时从来不谈论工作上的事情，更不会议论单位上的张三长李四短，所以贺杰对于这个姓王的副经理丝毫不了解，他把被面交给王德彪，真诚地对他说：

“你们要好好帮助帮助菊红同志，她现在没有在北方时那么朴实了。家里有的是组织上发给我们的生活必需品，她还要买这样奢侈的东西。我把它没收了，交给你们处理。”

这个搞地下党出身的警惕性很高的老革命，万万没想到自己在和平时期一不留神走进了自己设计的埋伏圈。

王德彪点头哈腰地送走贺杰，把自己关在屋子里哈哈大笑，一直笑到鼻涕都流出来。

哈哈哈哈！他笑这些北方人太傻了；他笑这些南下干部太没有脑子了；那些人的单纯和真诚，在王德彪这样活着就是为了搞阴谋诡计的人看来，简直就是彻头彻尾的脑膜炎！

王德彪一直笑到差不多快大小便失禁，才兴奋地拿着被面马不停蹄地跑到县委办公室的梁主任家。

梁主任由于上次被贺杰当众斥责，心里一直不受用。听了王德彪添油加醋的汇报，他又兴奋、又忐忑、又难过。兴奋的是终于逮着贺杰家的辫子了；忐忑的是不知道这根“辫子”有多长？能不能逮住？难过的是，如果真的逮住了，也许会把贺家整得人仰马翻。真要成那样，他就会好受吗？他想象着那种痛苦的场面，心里有点不舒服。总之，他的心情太复杂了。想起这个铁面无私的贺书记，他就又害怕又恨恨的，这种难过的日子他真不知该如何熬下去。他和王德彪是老乡，平时他心里并看不起王德彪，但是两个人在一起喝酒的时候，还是不由自主说些掏心窝的话，所以他俩互相知道彼此需要什么。

人性在特定的时候会被扭曲，被扭曲后的人性会给自己盖上遮羞布，并说服自己这就是真理。因此，有很多不是真理的东西，说着说着仿佛就变成了真理。

王德彪起初还不敢大坏，他只是试探着说：“贺书记拿来一床被面，说是菊红不知从哪里弄来的，所以交给组织上处理。”

梁主任含蓄地问：“那贺书记本人的意思怎么处理呢？”

王德彪想起了菊红不同意他入党转正的事，恨从脚跟一直冲上脑门。他眨巴眨巴眼睛说：“他的意思是要党来教育改造她。肯定是这被面来历不明，要不，哪个傻瓜会拿来上缴呢？”

梁主任把这话在心里转了个圈，就变成：贺书记拿来一床被面，说可能是菊红偷了贸易公司的。他认为应该由组织上出面来教育和处分这种行为。

他俩统一认识和口径后，决定等待合适的时机把这件事情捅上去。

这两个灵魂被利益扭曲的人，决心用软刀子杀人的同时，也为自己的卑劣找到了最好的借口。

四

故事写到这里，菊红的灾难离我们越来越近了。

我害怕了。

我也并不知道自己是害怕了，是后来和心理医生交谈时才明白的。

我从北京跑到了云南，优哉游哉地转了一个多月。

其实我的内心深处十分焦灼。我在陪着我小说中的女主人公菊红受难。

我在昆明郊外的温泉泡着。

我不会游泳，只能漂起来。我就那么漂着，想：张子腾！我恨你！

至于王德彪，他在“文革”期间搞武斗，打死了很多无辜的群众，后来被判了死刑，早就死有余辜了。

我不喜欢我讲的这个故事。

也许是这个原因，我游游荡荡地不好好写。

黄昏的时候，我在温泉门口小卖部给菊红打电话聊天。

在我这个年龄，已经经历了很多很多，如婚姻的破裂、友情的背叛、小人的陷害等等。我越来越喜欢听菊红对这些问题的看法，她总是对我那些“渺小的痛苦”不屑一顾，因为她的经历太不一般了。

但是今天不同，菊红好像很难过，她反反复复地说：菊米啊，妈妈49年南下到现在，都六十年过去了，妈妈从来没想到自己会再也回不到北方。

菊红的话击中了我。我问她：你在南方就没有好朋友吗？

菊红叹气说：他们一个个都走啦！我们那拨人，如今也没剩下几个。

菊红的话令我十分的没情绪。

晚上我的先生万小博打电话来了。

我和小博刚刚结婚不到半年，很多朋友都不知道。因为我俩都太忙，他在南方，我在北方，我们想等一个合适的时机再举办一场合适的婚礼。

我在写这小说的整个过程中，小博每到节假日就跑到图书馆去帮我查有关渡江和南下的历史资料。那些资料太多啦！小博复印了大量素材，又用相机拍摄了很多珍贵的故事，拷到一个U盘里，用快件专递给我邮到北京。我去邮局取包裹，拿到后就站在邮局门口打开它，把资料取出来，把包装扔到垃圾箱，大大咧咧地回家了。

那天晚上，小博打电话特别问我U盘丢没丢。我一下傻愣在那里。天哪！肯定是我这个马大哈把U盘弄丢在邮局门口的垃圾箱里了。

我伤心得哭了。

好脾气的小博安慰我说：哭什么呀？我再拷一份就是了。

听说整个图书馆的人都为此认识小博了。

小博每天晚上都要和我通一次电话，今天他照例问我小说写得怎么样了。

可是我突然很混账地冲小博喊："都怪你！给我这么大的压力写这个小说，我不写了！我讨厌写这个小说！"

但是第二天早上醒来，我就知道自己错了。

我哪里出了问题呢？

于是，我先给小博发信息"@@@"，这是我们的暗号，表示三个亲亲，也就是表示我认错了。

理解我的小博知道我哪里出了问题，他为我找来一位优秀的心理医生林涛。我和林涛在电话里进行了长时间的谈话。

在林涛的疏导下，我再一次走进自己的内心深处，去探究人性的秘密。

我告诉林涛，小时候我每次填各种表格的时候，发现总是不大对劲。为什么父母都是老革命，父亲去世还被追认为烈士，而母亲则怎么连党员都不是呢？

心里纳闷儿，嘴上却什么也不敢说。

哥哥姐姐他们也许都知道，但是他们从来不和我说什么。我们家里，总是安安静静的。

有次不知为什么事情和邻居家的孩子吵架，那孩子冲我骂道：“你妈偷东西，开除党籍！”

这一声霹雳在我头顶响了半个世纪。

它始终定格在我心里。

如果当时我够强大，回骂过去，可能我心里就没那块病。但是我却哑了。面对这样的“毒弹”，要多么强大的灵魂才可以抵御！何况是个孩子。

直到后来菊红平反、恢复党籍等等一系列事情，我都没有说过半句话。在这个问题上，我永远哑巴。

这件事情对我造成的影响太大，使我变成了个坏脾气的人。我一丁点儿也不能忍受别人对我的诽谤和陷害，即使是看到别人陷害或是欺负我周围的其他人也不行。我会在极度的愤怒之中丧失所有的风度，会大声咒骂，会毫不克制地冲一个把我惹急了的混账说“操你妈”！

因为我讨厌菊红他们那辈人的悲剧！那都是一些人为的愚蠢造成；我诅咒那些利欲熏心而勾结在一起陷害好人的流氓！好人为什么不勾结起来和坏人坏事做斗争？也许是我内心深处有一种恐惧，我害怕悲剧还会在阳光下重演。我知道自己的局限性，对那种群体之坏的无奈，我唯有大声尖叫。

听到这里，林涛凝重地告诉我：“你，童年受到的创伤，那一块从此没有成长。你这次写这个小说，可能就是你一生中要面对的最大难题。你害怕、你退缩、你缺乏勇气不敢面对。你到处游走，看似洒脱，其实心中充满焦虑，所以你用游山玩水来弥补面对此事时的不良情绪。但是你一定要明白，这次创作和以往任何作品都不一样，可能比任何一次创作的收获都会丰厚，因为这是个人情结的一次彻底的疗伤，在治愈自己的同时，也是你艰难成长的过程。”

我心里逐渐明亮起来。生活的本身应该和小说创作区分开来，而不应有所顾忌。否则，思维受到了束缚，岂不是违背了创作的初衷？

作为一名当代女性，要面对半个世纪前的革命家对生活、对爱情和事业的态度，我有很多地方其实是接受不了的。当我要讲述这个故事的时候，童年的不愉快的回忆再次被调动起来，现在我知道，要重复痛苦的感受所带给我的心理情绪，用回避的方式是肯定解决不了根本问题的，我只有面对、坚强地去面对！

我要怎样才能够坚强起来呢？

坚强没有固定的模板，你只要成长到可以坦然面对并且不受影响，那就是坚强了。只要它不继续困扰你，你也不存在无力解决的问题，那也就好了。

林涛的话，四两拨千斤！使我从困扰多年的迷雾中，突然站在一片阳光灿烂的开阔地上。

夜深人静的时候，我在阳台上看满天的星星，院里的米兰花、玉兰花、三角梅开始呼吸了，整个整个的宇宙在这个时候都凸显出各自生命的特征。

我心中充满着莫名的感动。是什么使我这样？米兰？三角梅？暗夜中在池塘里悄无声息游走的小蝌蚪？对面半山腰上那盏唯一亮着的灯？

我开始胡思乱想：三角梅和米兰在谈恋爱；小蝌蚪在找妈妈；玉兰花忌妒地噘着嘴；对面山上的那盏灯下则是一个失恋的男人在忏悔……

大概就在此时，我麻木已久的某根神经开始复活了。

我冲着黝黑的山谷放声大哭。

这一场恸哭，仿佛给灵魂洗了个澡。

凌晨两点，我打开电脑，手指在键盘上飞快敲击。我惊讶地看见：困惑我的情结像水一般地流走，骚扰我的阴影如风也似的刮过！

……

五

五十年代初的镇反运动。召阳县委的大院里关了五六十个“现行”，其中最惹人注意的是那个二十刚出头的姑娘。她被捆了个五花大绑，跟粽子似的。整整三天三夜，这姑娘的胳膊和腿都变成青紫色的了，她一直绝望地哭泣。

菊红看不下去了：一个这么年轻的女孩子，她能有多么反革命？有多大的能力反革命？就算她真的反革命，我们这么多革命者打下来的江山还能被她这样的人反了？

菊红心里这么想着，乘人不注意，给那姑娘递了一碗开水。

姑娘摇摇头，哭着说：“阿姨你行行好，帮我松松绑吧，我疼啊！”

菊红犹豫着，那姑娘从她脸上看出了希望，又苦苦哀求着。

菊红受不了了，她飞快地给姑娘松了绑。

没想到，这倔犟的姑娘冲出去，一头钻进门外那口井里。

菊红拼命呼叫着，喊院里的人们来救人。忙了好一阵，把那姑娘捞上来，用大棉被裹着她，菊红招呼着把她送到自己家中，捂在铺了厚棉絮的大床上。小菊乖躺在靠墙的床里边吓得发抖。

谁也想不到的是，菊红紧接着又犯了一个大错误，她在忙碌中竟然把跳井的姑娘委托给了3岁的小菊乖，她自己出去找红糖给这姑娘熬姜汤。

更没想到的是，那姑娘成心不活，再一次冲出去跳进水井中。这一下完蛋了！她又被打捞出来的时候，尸体已经僵硬。

这件事情对菊乖一生都有影响。她始终歉疚着，常对菊红说：“妈妈对不起！乖乖没看好那个大姐姐。”

每逢此时，菊红都紧紧搂着菊乖说：“不怪你宝贝儿！是妈妈不好。”

张子腾怒气冲冲地放下了电话。

就为了那个召阳的现行反革命跳井的事件，很多群众闹到省里。觉得打击错了对象，冤枉了好人。还害死了一条人命。省里领导被搞得很被动，就给了张子腾一个党内警告处分。

虽说张子腾是个军事干部出身，但对政治好像天生就非常兼容。他想：要是这女的不跳井，老百姓就不会那么关注她、同情她，也就不存在冤枉了谁的问题。

唉！这么多一个接一个的运动，实在是让张子腾们这样的大老粗太为难了。

正在张子腾满心的邪火不知如何发泄时，一前一后，来了两个不速之客。

这两人正是召阳贸易公司副经理王德彪和召阳县委办公室梁主任。他俩带来了一床湘绣被面。

那被面上绣着一大群触目惊心的、艳丽的菊花。

又是菊花！又是菊花！

这个菊花就是不干好事！

对了，从小就不干好事！

回想起当年菊花从家里逃跑到游击队去的情形，张子腾突然觉得自己在心底其实从来没有原谅过她。这个女人太倔犟了太能干了太可恨了！

想象力平时不怎么丰富的张子腾，这会儿不知为什么突然有了丰富的联想：要是菊花当年不跑掉，他张子腾就不会和那个邻村姑娘结婚；要是菊花不和老贺结婚，他老张就不会一口气跑到东北去参加八路军，就不会在生下儿子后又被汽车撞死；要是、要是——

张子腾越想越觉得，自己的命运中，这个叫菊花的女人仿佛就是他的克星。

在油头粉面的王德彪和梁主任的戳咕下，张子腾宣布开常委大会。

菊花被开除党籍了，同时还背了个行政处分。

菊花放跑了坏人，这是大家看得见的错误。

但是那床被面怎么解释啊！

据说当时常委会上有两种说法：一说是：老贺当时把被面交来，并没有说是菊花偷的，只是希望组织上帮助她嘛；另一说是：老贺既然能够把藏在家里的东西上缴，就已经说明了问题的严重性，严重到他本人无法解决，只有请组织上出面。

证人王德彪和梁主任一个劲地点头说：是这样的是这样的！老贺本人不好点破，交给我们来处理的。

最后，张子腾一拍桌子就这么定罪了。

最荒谬的是当事人贺杰就在会场上，他真诚的心和对万事万物都怀着神圣感的思维方式，竟然使他一直对整个事件反应不过来，他在认真等待同志们都来真诚地帮助菊红克服资产阶级思想。直到最后宣布给菊红的处理结果，他才如同被雷劈了般矗在那里。

贺杰张口结舌语无伦次：哎、哎这怎么回事？我当时的意思是、我的意思不是、我不是这个意思……

他办的昏乱的事情啊！

他昏乱了！

他当场吐出一大口鲜血，被送进医院。

在场的几个女常委都呜呜地放声大哭。

贺杰在医院一住就是大半年，他崩溃了，他把自己打败了。这个党的忠实儿子，当年在晋察冀当情报员的时候，每次出征他都怀着“风萧萧兮易水寒，壮士一去兮不复还”的决心，打算和敌人决一死战！

而现在，他躺在医院里。他愤怒，但找不到对手；他后悔，但找不到良药。心里憋的那口气，只能用来伤害自己。

高烧昏迷的时候，贺杰会大声喊叫：“谁？谁？谁是我的敌人！菊红我的枪呢？我操他老祖宗啊！”

六

原先，这个院子里的孩子们不是经常能够看见张子腾的，因为他渐渐是个人物了。据说由于他的骑兵出身与交通有关，所以他后来当了省里交通建设办公室主任。朱金枝一口气给他生了六个女儿，到怀第七个孩子时，张子腾突然发作了，把匣子枪甩在桌上吼道："再不生儿子老子就毙了你！"

吓得朱金枝又去找医生又去问巫婆，左掐右算谁也不敢保证她这胎怀的是儿子。结果，朱金枝坚持到四个月的时候终于崩溃了，她去做了引产。

天哪！她引掉了一个儿子！

朱金枝一下子就蒙了。

给她做引流的医生也吓得跑回老家去了。

朱金枝在菊红面前哭疯了。

善良的菊红不计前嫌，依然做金枝的好朋友。尽管金枝只在需要的时候才想起菊红。

善良不是愚昧，是一种习惯。

最后还是菊红支招，大家决定保密，告诉张子腾说是个闺女，没保住胎，自己掉了。

听说自那以后，张子腾的性格变了。

院子里的小孩子开始经常看见他。

他发胖了，像个黑铁塔，络腮胡子，张嘴就是两颗金牙，说话像洪钟般嗡嗡作响。孩子们看见他就一哄而散，他却总是从口袋里变戏法般掏出糖果，哄着孩子们拢在他身旁。

时间长了，孩子们就知道张主任的腿上有个子弹眼，是1949年渡江战役被国民党的子弹打的，因为后来感染严重，所以留下一个很深的洞眼。

孩子们都觉得那个洞眼很好玩。

张主任在逗他们玩的时候，总是喜欢把一些小玩意儿藏在那个洞眼里要他们找，不外乎是一颗玻璃球啊，一粒薄荷糖之类的。

孩子们发现，张主任太偏心眼啦！每次从他腿上的子弹孔里掏出来的好东西，他都送给了贺豆豆。

贺豆豆是菊红的儿子。

但凡这个时候如果朱金枝出现了，张主任这个人就一点也不好玩了。他会讪讪地收起他的“魔术”，乖乖地跟着朱金枝回家。

孩子们也作鸟兽散。

在家里，朱金枝总是肉麻兮兮不许张子腾离开她半步，张子腾若是想看报纸，金枝就会夺下报纸嗲嗲地说：在办公室还没看够呢？到家了就要多陪陪我嘛！

她甚至剥夺张子腾的思维，不许他有任何的空间。只要张子腾的思想一抛锚，或者眼神一愣，金枝就会极其敏感地问："想什么呢?"

张子腾被金枝弄得精神很累，但他本人并不知道什么精神累不累的，他只是老觉得不对劲，生活不应该是这样的。

那生活应该是怎样的呢?张子腾也不知道。他有时候会在朱金枝使劲穿那些实在快穿不下的内衣的时候，偷偷斜眼看她的动作，心想这老婆怎么就养不熟了，这么多年了，看她还觉得像外人，这两口子之间到底缺点什么呢?

正想着，冷不丁的金枝突然发问道："看我是不是瘦了?"

"瘦——对对对，是瘦了。"

"不对！你刚才在想什么?"

"没，没想什么。"张子腾并不真心怕金枝，他主要是怕麻烦。金枝要跟他较劲起来，那就什么也干不成了。

又过了一年，朱金枝生下了第七个女儿，叫张七宝。

奇怪的是，张子腾一点儿也没有嫌弃这个看上去太多余的女儿，反而对七宝疼爱得无以复加。他再也不提儿子的事，反而十分得意自己家有"七仙女"。

这年，菊红也生下她最小的女儿，叫菊米。

菊红生菊米的时候，还背着记过处分和党籍被开除的屈辱。

菊红的八字到底不如金枝硬，一年后，她的丈夫，当年的县委书记贺杰就去世了。

明白的人都知道，贺杰是被菊红的被面事件活活气死的。

张子腾本人知不知道呢？

他知不知道已经没有意义。大祸已经酿成！悲剧已经上演！

其实，要说当年还真有个秘密。

看到同志们都为贺杰和菊红难过的样子，张子腾犹豫过，但是党的决定是严肃的，哪能朝令夕改呢？

朱金枝也看出来张子腾的心理活动了，她一个劲地吹枕边风说："你还想为这个女人背黑锅呢？你清清白白一个人，被这个家伙害成这样，不然早该把你调到中央去了。"

到底上过大学的朱金枝这么说着，都觉得自己太过分了，想了想又嗲着嗓子补充说："老张啊！你别把这事总放在心上啦。我们这些人就是太有良心，这样的话，将来就不好开展工作。你想，要是人人都这样犯错误，而不被惩罚，那这个世界还称其为世界吗？要不，咱们怎么能把革命进行到底呢？"

每到这时候，张子腾就会觉得老婆是对的，斗争本身就是残酷的，革命本身是无罪的。

就在张子腾的良心开始越来越平衡的时候，史无前例的"文化大革命"开始了。

这时候的菊乖，已经是长沙湘水中学的高三学生。北京的红卫兵来长沙串联，一下子就在人群中发现了这个优秀的女生：她根红苗正，酷爱读马列和毛主席著作，对世界和全人类的解放有着清醒的认识并且能说会道。

就是她了！

菊乖被发展成为长沙第一个红卫兵组织“红联”的女司令。

之后，各个单位的“造反派”或是“保皇派”的组织，雨后春笋般飞速发展起来。

菊乖的弟弟贺豆豆也是他们清水塘中学北斗星兵团的宣传部长。

这两个组织在当时都被定性为“保皇派”。

菊红虽然对这场运动有点“丈二和尚摸不着头脑”，但凭着多年的政治敏感，她感到凶多吉少。她凭着直感拒绝参加单位的造反派组织“红色风雷”。当然，她也许还由于对张子腾这人有着本能的排斥，所以想拒绝卷进这场运动。

几乎所有的老同志都没有逃脱挨整的厄运，唯有张子腾，他凭着天生的政治敏感，一下子就看准了并快速站队到造反派的行列中。造反派正好也需要一个张子腾这样的人物做“领袖”，所以张子腾理所当然地成为“红色风雷”的司令。

形势越来越恶劣了，各种各样的斗争把世界搞得变形，大街上开始听得见枪炮声了。

张子腾对菊红家有两个“保皇派”感到十分恼火，他想要他们退出来，并派他的“手下”去做菊红的工作说：革命无罪，造反有理，反戈一击有功！

菊红的脑袋里对这样的事情从来不兼容，就说：我不管孩子们的事情，他们大了，相信他们会对自己的行为负责。

其实这个时候，无论是菊红还是全国人民，都没有足够的思想准备来迎接这场疯狂的运动。

张子腾恨铁不成钢地看着这个他命中的克星，心想：我这是给你机会呢！你受了处分，难道还要孩子们也去走错误路线？

张子腾决定，不管菊红愿意不愿意，自己必须插手贺家孩子们的前途问题，他不能眼睁睁看着这些革命的后代毁在菊红这个没头没脑的女人手中。虽然他心里回避并且不愿承认自己对贺杰的死有着不可推卸的责任，但是他却又总在自觉不自觉地想为这个家庭做点什么。要不是朱金枝盯他盯得牢，他还不定会做得更多更好呢。

斗争迫在眉睫，张子腾只有派他的“红色风雷”司令部的干将们分头做工作。

他们先去了菊乖的学校，和学校的造反组织接上头，这边的造反组织立马行动起来。

“红色风雷”司令部派来的人误解了张子腾的意思，连夜张贴了很多大字报，攻击“红联”女司令菊乖，并且有大量的内容是恶毒诽谤菊乖敬爱的母亲菊红。

菊乖回到家里，看见母亲菊红在流泪，她以为母亲可能是知道了大字报的事情，没想到是造反派已经来过家里胁迫母亲要菊乖退出“红联”兵团。

过了好些天，菊乖偷看了菊红的病历才知道，那些造反派还踢了菊红几脚，导致了菊红严重的肾下垂。

菊乖哭了。

菊乖从来没想过不参加革命，但这回她果断地去学校，申明退出“红联”，辞职不当“司令”了。

消息传到北京，北京的“红联”总部对此失望透顶，长沙所有中学的“保皇派”组织都大骂菊乖是“叛徒”！

这时候，大规模武斗开始了。

要说张子腾对菊红的儿子贺豆豆还真是有些莫名的偏心眼。当时“红色风雷”要去清水塘中学收拾北斗星兵团的宣传部长贺豆豆，被张子腾阻止了。他说：“当年我和他的父母渡江一起打过来解放湖南，我们两家就这一个儿子，他是革命的种！不能被耽误掉，我要亲自调教他。”

首先，张子腾想到了菊红手中那支手枪，那是老贺留下来的，就是他们当年渡江的前夜，在长江北岸打靶的那支手枪，肯定留在菊红手中，张子腾一直有种隐隐约约的不安。

菊红挨了打，张子腾有点害怕。他也弄不明白，为什么自己对菊红一家做的每件事情都是以好意开始，以伤害结束。

这时候，军队介入运动了，叫做“支左”。

军代表苗其是大学毕业生，非常年轻帅气，个头一米八零，十分惹人注目。本来，他是看了材料，又听了造反派的汇报，觉得菊红这种极特殊的情况要慎重对待，同时他也产生了好奇心，想用自己的眼睛去看待和认识这个世界。

苗其头一回去菊红家，菊红不在。迎接他的是菊红的大女儿菊乖。

苗其见到菊乖的第一眼，就产生了前所未有的被电流击中的感觉。他忍不住脱口而出说：“我在哪儿见过你呢?”

菊乖很好玩地说：“是啊，在哪里见过呢?”

两人对视着，一齐笑了。好像他俩前生就认识，一点隔阂都没有。

这种感觉，让从小离家当兵的苗其在回去的路上一直暖暖地揣在心里，很舒服很愉悦。这使他差不多快忘记自己的职责了。“这个女孩子，长得很像电影《英雄儿女》里面的王芳。”苗其心想。他最喜欢的就是演王芳的这个演员，没想到在长沙见到了一个和她这么相像的女孩，高兴，高兴。

苗其是东北人，爷爷是个老抗联战士，父亲是驻扎在黑龙江边境上一个边防团的团长，称得上是军人世家了。

本来，苗其对有关菊红的资料就产生了很大的疑问，由于菊乖，他就更多了一份心吧？也许就是他军人世家的血性遗传，他决心尽自己的能力来帮助这个风雨飘摇的家庭。

苗其和菊乖相爱了。

苗其有很多有趣的招数让菊乖快乐，他经常带上菊乖去城郊的公园散心。

在草地上，苗其讲故事的时候发现菊乖的表情很怪，就问她怎么啦？

菊乖莫名其妙地说："遍地英雄下夕烟。"

苗其以为她神经出了问题，伸手去摸她的额头。

菊乖打掉苗其的手说："别动。"嘴巴却向两边努努，这下苗其知道有情况了。

原来，菊乖退出红卫兵组织后，"保皇派"对她一直不满，不仅将她定性为"叛徒"，还经常派人跟踪她；而"造反派"这边同样对菊乖不放心，认为菊乖表面上退出组织，实际上进入更加危险的地下活动。所以，菊乖早就发现随时随地都有人跟踪自己。

今天巧了，菊乖在公园谈恋爱，两派组织的跟踪者都分别埋伏在草丛中。到底不是专业特务，所以被警惕性高的菊乖一下子发现了。

菊乖故意大声说话，被距离她较近的"保皇派"听见了，他们很是沉不住气，其中一个家伙甚至站了起来。"造反派"那拨人急了，领头的吆喝道："谁呢谁呢？谁他妈那么讨厌!”

这边的人生气了：“谁呢谁呢？你他妈骂谁呢？”

一场小型武斗开始了。

乱战中，他们共同的监视对象：菊乖和苗其溜之大吉。

这下糟了。第二天，菊红单位铺天盖地的大字报都在拿此说事，攻击菊红，说她利用女儿的美色勾引军代表。最惹人注目的是那张漫画：一条美女蛇，缠在一个军人身上。

在战火中成长的菊乖平素心理素质极好，这回她实在受不了了。

一天早上，菊红起床发现菊乖不见了，桌上放了一封信，是菊乖写给妈妈菊红的。

“可能只有我消失了，他们就会放过你了。”这是信中最后一句话。

菊红眼泪都哭干了，直到苗其偷偷来家里告诉她，菊乖被他送到了他长白山老家。这是那位老抗联战士和边防团长的意思。

张子腾越来越觉得不对劲，菊红家的事情越来越复杂。这时，又接到报告，说贺豆豆为了保护他们保皇组织的油印机和反动内容宣传单之类的，竟然深更半夜自己一个人用板车把那些东西推回家。

张子腾终于觉得要当机立断采取行动了，他一定要拉这个执迷不悟的孩子一把，他认为不这么做就太对不起贺杰同志了。另外，另外还有那支手枪，这是张子腾的心病。于是在一个夜晚他带领“红色风雷”司令部全体来到菊红家。

整个一条街被造反派戒严了。冲锋枪、机关枪从街上仅有的两栋高楼里伸出黑森森的眼。

豆豆不在家。菊红冷冷地看着张子腾，她看了一辈子，也没看清楚这个人，他到底怎么回事？

张子腾出门前斗志昂扬，但一见菊红就有些英雄气短。

这女人身上有一种威，让张子腾在她面前老有些嗫嚅。

菊红不客气地说：“你们又干什么来了？弄丢了我女儿还嫌不够吗？”

张子腾搭讪着：“我，这个，我们其实是来帮助豆豆，使他不至于走到资本主义的邪路上去，听说他把一些不好的东西藏在家里，这对你，对你们全家都不利，我想，你还是交出来的好。”

菊红冷冷地说：“没有。只有老命一条。”

张子腾觉得自己差不多就要欣赏这个女人了。奶奶的！这女人太像江姐刘胡兰了。张子腾本人并没有见到过真正的女英雄，他一直以为那是写书的人编撰出来的故事，但现在，他相信世界上一定会有女英雄，像菊红这么勇敢。

但是没时间啰嗦了，革命战士都等着呢。

抄家开始。油印机那些马上就找到了。

枪呢？

菊红轻蔑地看着张子腾说："什么枪？你发给我的？"

张子腾生气了："菊红同志，你要这样不配合我们的工作，就别怪我不客气了。"

菊红泠然道："那是贺杰同志生前的遗物，是他参加革命出生入死的纪念，我和他的孩子们有权替他收藏好。"

说罢，菊红亮出一本《持枪证》："我们是合法的。"

一个年纪不大的造反派抢过菊红手中的持枪证，翻来覆去地看，嘴里念叨着："噢！还是湖南省长沙市公安局颁发的呢。"

其实张子腾不是不知道，全国解放后，那些从战争年代出来手里有枪的同志都陆续到公安局进行了登记和编号。至于将来怎么处理，中央还一直没有正式文件规定。所以菊红家的枪是一点问题也没有的。但是张子腾不这么想，他有他的考虑。

"你不要以为我这是公报私仇，搜查武器，这是中央的指示和精神，你配合也得配合，不配合也得配合。"张子腾向他的革命战友使了个眼色。

突然，外面一阵急促忙乱的脚步声，伴随着："抓住他！别让他跑了！"还有几声零碎的枪声。

有人跑进来说："报告张司令，那小子翻墙逃跑时，被我方戒严部队击中大腿，请示如何处理？"

张子腾还没反应过来："哪个小子？"

"北斗星兵团宣传部长贺豆豆。"

菊红眼红了，她困兽般低低吼叫一声，飞快地疯狂地找到了藏好的枪，她压根儿就不知道那枪里有没有子弹，她不管，她要报仇！她要雪恨！她要杀——

“啪！”枪真的响了。

张子腾一屁股坐在地上。

顿时一片喧哗：“啊！我操，她真的开枪啦！”

“张司令！快看张司令伤哪儿了？”

张子腾是受了惊吓，他万万没想到菊红会向他开枪。幸亏菊红太激动，没打中他。不然，非要了他的命不可。张子腾知道菊红的枪法还是很准的，那一瞬间他想起了渡江前的那个黄昏；那朵栀子花；那棵大樟树；还有贺杰说“毛主席今晚不睡觉”。那天他故意威风上马而去，而此刻他觉得自己很丢人，没受伤，还坐到地上了，这怎么解释啊！所以他赶紧摆出很有风度的样子对大家说：“没事没事，我自己摔了一跤。”

看到司令没事，革命群众的心定了，这才想起肇事者菊红，又一哄而上要把菊红绑了。

菊红用枪对着自己的脑门喊道：“看谁敢上来！”

张子腾吓疯了，大吼一声：“大家听我的，不许碰她！谁也不许动！谁动她我就枪毙了谁！”

所有的人都愣在那里。

菊红号啕大哭：“张子腾！我和你不共戴天！我一定要杀了你！”

趁菊红伤心注意力不集中，张子腾拼尽了全身的力量扑上去下了她的枪。菊红愤怒之中飞起一脚踢了他的裆部，张子腾惨叫一声，滚在地上。

张子腾的天空黑了，满世界都闪烁着金星。

七

换了一个世纪。

其实感觉好像也没过太久，曾经的第四野战军骑兵营长张子腾在这个春天的早上突然衰老了。

要说这把年纪的人，很久以前就可以说是“老”了。但是张子腾就不！他从来不知道“老”是什么意思，或者说在他的人生词典里就压根儿没这个字眼。

他不服气。

但这个早上的太阳与往日有什么不同呢？

是大不相同啊！今天是老革命张子腾同志82岁的生日。他退休以后就离开长沙搬到Y地区区委去了，除了朱金枝，谁也不知道他怎么想的。

粉碎“四人帮”以后，张子腾曾经被隔离审查过一段时间。这对他这样一生中都在革命的康庄大道上“奔驰”的老战士来说，是一种残酷的致命打击。

从“里面”出来后，张子腾对朱金枝说的第一句话就是：“甭管多大的英雄，也不能对这个世界没有畏惧。除非，他是个没脑子的王八蛋！”

朱金枝抱着张子腾哭了。这是他们结婚后分离得最久的一次。谁说张子腾是个大老粗？瞧他说的话有多么深刻！是革命锻炼和教育了他。朱金枝爱他，爱死他了！

这天，张子腾一醒来就感觉到“老了”。

他怎么会老呢？不太久的从前，他在河北老家种下的玉米还在地里摇曳着呢；不太远的过去，他骑马抡大刀杀鬼子的小路上，那一溜尘烟还没有散尽呢；儿子小龙还小着呢——

说到小龙，小龙这就来了。

他蹒跚着，一步一步向张子腾走来。

张子腾看呆了，他伸手去接小龙，小龙又好像被施了法术般弹了回去，然后又蹒跚着继续向他走来。

张子腾惊出一身冷汗，他怵然清醒。

糟了！老子快完蛋了。

门铃响，听朱金枝吆喝保姆开门，吱扭声，寒暄和脚步。

一切都和往常的感觉不一样。

其实是人的肉身和灵魂分离时的瞬间感受。张子腾不会有这样的思维，但他的悟性令他有某种警觉。

进门的竟然是当年他从北平带过来的那个小通信员。

他进门就抱住张子腾热泪盈眶："老首长，通讯员王大虎给您祝寿来了!"

张子腾意外而高兴地给了王大虎一拳："臭小子，你还记得你爷爷的生日呢?"

大虎不好意思地笑了："记得，记得。"

张子腾看了金枝一眼，对大虎使了个眼色："今天，不说不高兴的事啊。"

"是，首长。"

张子腾接过大虎带来的茅台酒，感慨地说："老啦，酒也喝不动啦。"

大虎难过地看着他的老首长。

记不起谁说过：永远对比你年龄大的朋友好！因为他们是挡住你和地狱之间的那堵墙！墙倒了，就该你去撑着了。

今天不知怎么了，张子腾不肯在家吃金枝为他准备的丰盛饭菜。他非要大虎亲自开车，带他出去兜风。

金枝也觉得老张今天不同于以往，拗不过他，就只好同意了。

出门，上车。

七个女儿在楼上一齐欢呼："老爸生日快乐!"

张子腾乐了，笑得满脸都是牙。

发动机一响，张子腾就说："去长沙。"

大虎吃惊地看着他的老首长。

“看什么？车里没油吗？”

“有有有。”

长沙这边，省交通建设老干部办公室今天组织所有的离退休干部去参观毛泽东和刘少奇两位伟人的故居。

毛泽东是韶山人，距离长沙西南方向104公里。

刘少奇是宁乡人，距离长沙正西方向70公里。

当年他两个都出去闹革命，闹出那么大的动静，搞定了一个红色江山，却在晚年的时候酿出一杯苦酒。

到了伟人的级别，老百姓就不好评说了。往事一成为历史，后人就只管高高兴兴把它当成风景去参观，只有少数人知道那沉甸甸的分量：巨人，什么时候才能做到不被自己的重量压垮？

那辆空调豪华客车开走不到一小时，一辆Y字头的小轿车开进交通建设局大门。

老干部办公室的门被推开，当曾经的老上司张子腾推门进来时，除了刚宣布退休的主任认识他，其他的年轻人都呆呆地看着这个气度不凡的、明显是个重量级的人物。

主任热情似火地招呼着张子腾，要泡杯新鲜的谷雨茶给他喝。张子腾却急着要去和当年一起渡江南下的同志们见面。

主任一拍大腿：“糟了！您可来得真不是时候。他们今天全部都去参观毛主席和刘少奇同志的故居去啦！”

张子腾转身就走说：“我去找他们。”

门被带关了。

办公室的年轻人都诧异地问主任：“这人是谁?”

主任表情丰富地说：“一个不得了的人。”

张子腾上车后，心里一判断，就果断地对大虎说：“去韶山。”

大虎小心地提醒老首长：“还是问清楚了再说吧。万一他们先去刘少奇同志的故乡花明楼呢?”

张子腾自信地说：“不用问。我知道他们，必然会先去主席的故乡嘛。”

大虎不再说什么，认真开车。

到了韶山，张子腾发现他的同志们还没有过来，就知道自己判断失误了。

他十分沮丧。

“我老了。”他对大虎说。

“没关系。”大虎习惯性地安慰张子腾。刚说完就恨不得打自己一耳光：这叫什么话呀?

张子腾并没有在意大虎的话，他一步一步，十分凝重地走向广场上毛泽东主席的雕像，立正，缓缓敬礼。

他掏出一支香烟点着，小心翼翼地放在主席跟前，然后席地而坐。

他回头望了一眼，发现大虎距离自己很近，就吼了一嗓子说:“王大虎同志!”

“到!”

“向后——转!”

“是!”

“向前二十步，走!”

“唰、唰、唰……”

大虎走远了。张子腾才沙哑着嗓子对毛主席的雕像自言自语地说:“报告主席!中国人民解放军第四野战军第一军团骑兵营长张子腾来看望您。我想说点心里话给您听哪。”

他回头看了一眼，周围没人，大虎在远处为他望风。他又往前挪挪，压低了嗓门继续说:“主席呀!咱们这些人，当年跟您闹革命打江山，出生入死没得说。今天我都82岁啦，那时打鬼子，跟蒋介石斗，渡江南下，就从来没想到能活这么久，好啊!我赚啦!主席啊，我心里有句话不知当不当讲，我是个大老粗没水平，但是我就觉得，咱们哪，要是当初不搞那么多运动就更好啦，就早把经济搞上去啦。要是那时候就把经济搞好了，可能现在有的人就不至于在钱的问题上那么穷凶极恶没有风度吧。还有，还有，我一直认为，当年和平解放的城市还是有利有弊的，好处嘛肯定是稳定和谐，但是另一方面呢，有很多坏人没有被消灭掉，这同样也是社会的隐患啊!当然，我们的贺杰同志说过:好人如果不加强学习改造，也会做坏人才做的事情，坏人也不一定一辈子都干坏事。比如说我这个人，就干过一些特别对不起组织对不起同志的事情，我这心里，我这心里，我——”

王大虎突然发现有点不对劲，他冲过来把老首长张子腾背上了车。

张子腾在他82岁生日这天犯了心肌梗死，被送到湖南湘江医院抢救。

他一直昏迷不醒。

朱金枝和七个女儿在急救室门外哭作一团。

第二天，张子腾的心电图还是没有好转，看上去完全没有生命的迹象。朱金枝万般惊惧和悲痛中突然想起了一个关键人物——菊红。

好多的同志们来看过张子腾了，隔着门看。医生和朱金枝也不让他们进去。

菊红没有来。

朱金枝到底是朱金枝啊！她一生中就是知道在什么时候干什么事，找什么人，说什么话。

她叫来司机，上车，亲自去了菊红家。

谁也猜不到，朱金枝在菊红家说了什么，怎么说了。总之，菊红去了医院。

菊红走进急救室，她是除医护人员和金枝外第一个进病房的人。

她百感交集地看着昏迷不醒的张子腾。

这个男人这个男人啊！这是个什么人啊！把菊红一家整得人仰马翻！

这个菊红和贺杰最亲密的战友，最强大的敌人！

金枝小心翼翼地甚至近乎讨好地站在菊红旁边。她怂恿菊红说："你喊他，你喊他呀！"

出人意料的，菊红举起右手，在张子腾的脸上左右开弓，轻轻地打了他两巴掌。

菊红说："起来起来老家伙！别装蒜了。"

张子腾一动不动。

金枝忍不住抽泣起来。

菊红弯下腰来，一字一句地对张子腾说："好吧，不吵架了。"

突然医生兴奋地轻轻惊叫一声。

张子腾在昏迷中嗅到了麦田里的清香，是家乡的麦田，麦田里好多人影晃动，他努力想睁开眼睛看清楚，但怎么也睁不开眼。他急了，脱口而出就喊："菊！菊！我的眼睛怎么啦？"

自从12岁那年从张家逃跑出来的菊红，这是头一次听到张子腾喊她的小名，而且是在这样的时刻，她一下子控制不住地哭了。

张子腾奇迹般睁开了眼睛。看见菊红，他竟然一点也不感到意外，他觉得这一切都是对的。

他示意菊红俯下身子，他的嘴努着想说话。

菊红费劲地趴下，耳朵贴在张子腾嘴边，尽管张子腾说话耳语般，但她听到了12级台风，听到了地震海啸天崩地裂电闪雷鸣！她清清楚楚地听见张子腾说："马克思要我去报到了，临走前我有两件事情告诉你：第一件事情，我的老七应该是个儿子，被她做掉了，这事我知道；第二，我、我、现在我才明白，我从来就没有把你放下来。我知道那床被面是你在长沙买的，但是我他娘的不知道为什么，从小的理想就是想要你服气我，我犯罪了！我害了你一辈子。这是我当时也没想到的结果。后来我也自食其果了嘛！天报应了我。但我不是恨你才这样做的，我是、我是。他娘的感情这个东西怎么比革命还麻烦！你知道我最喜欢的女儿是七宝，就因为她眉心和你一样有颗痣啊！原谅我吧！"

菊红感到头上好像响了个炸雷，她欲哭无泪，她听到了命运的脚步声。

朱金枝隔着老远看他俩耳语的样子，恍恍惚惚觉得做了一场大梦，73岁的她忽然明白了（虽然这"明白"来得太晚），她永远不能完整地占有这个她无限热爱着的男人的心；她更不可能把菊红从这个男人心里彻底挤出去；如果她卑鄙，菊红就永远是她心里深沉的阴影；如果她高尚，菊红就是她灵魂中悦耳的风铃。菊红啊！

张子腾临终前的最后一口气，只来得及听老伴朱金枝哭着对他说："老张，等你好了，咱们全家和菊红，还有她和老贺的孩子们，一起去长江边，咱们再去渡江！"

张子腾没等到那一天。

金枝和菊红带着孩子们，捧着张子腾和贺杰的骨灰去了湖北。

菊乖和她的丈夫，当年那个军代表苗其，带着他们俩的孩子从美国也赶回来。

菊米搀着哥哥贺豆豆，豆豆另一支胳膊拄着拐杖，仍然一脸阳光。

菊红和金枝在长江北岸转来转去，嘴里嘟嘟囔囔不知说着什么。张子腾的七个女儿在远处看着她俩七高八低地喊着："妈妈！菊红阿姨你们在找什么呢？"

她俩无论如何也找不到当年躲国民党轰炸机的那条战壕，更找不到那个被炸平的地窖了。

她们按照老贺和老张的遗嘱，把他们的骨灰分别安葬在长江以北的大樟树下。

菊红和金枝带着孩子们在长江边唱当年那首《南下之歌》：

过黄河，渡长江

毛主席号召我们下江南。

取京沪，夺武汉，

打到两广和福建，

解放同胞两万万，

报仇雪恨抓战犯！

母亲们的嘱咐记心间，

再接再厉奔赴战场！

……

后 记

张子腾最小的女儿七宝和我是幼儿园的同班同学。我小时候特别羡慕七宝有个好爸爸，总是高高地把她举过头顶。而我，只能在清明节的时候到湘江河对面很远的一座山上，去看望埋在黄土下的父亲。那坟上山上开满了映山红，给我童年的记忆留下美丽的创痛。

七宝是她父亲最疼爱的女儿，却也是最悲惨的孩子。

七宝从小被诊断出白血病。医生告诫说最好别结婚，一定要结婚也不能生孩子。

结果七宝结婚了，生孩子了。

张子腾死后第二年，七宝离婚了，她一个人去深圳闯天下。

这是对七宝疼爱有加的张子腾万万想不到的。

七宝在深圳一家公司做公关、炒股票，五年后挣了一百万。这在当时是个天文数字。

但是七宝没活过那年的中秋节。

七宝留下一个酷似她的女儿叫细毛，被她的生父送到Y地区乡下去了。细毛的父亲是Y地区人（真不愿意提Y地区），他拿走了七宝的血汗钱，听说七宝六个姐姐联合起来和他打官司。我的母亲菊红一提这事就唉声叹气，比她自己的灾难都令她难过。

为此，我专门陪母亲去了一趟Y地区。

当纤弱的细毛蹒跚着向我们走来，活脱一个当年的小七宝。母亲一下子冲过去抱起可爱的、无辜的小细毛，天哪！细毛的眉心也有颗痣。母亲泪如雨下。

小细毛！小细毛！看你爷爷干了些什么啊！

——完——

2009年5月16日于昆明安宁温泉

6月12日结稿于上海

老子革命多年

两年前，我写了一篇小说叫《渡江》，由此引起了我母亲菊红的不满。

菊红，也就是我在《渡江》中的女主人公。她很认真地看了《渡江》（岂止是看，简直就是用显微镜在研究），打电话给我说："看你把张子腾伯伯写成什么了？朱金枝阿姨看了不生气啊?！再说了，我就是怕你胡说八道，不尊重历史事实。你看！你把很多人都没有写进去，连二姐菊香都被你弄丢了，还有舅舅呢……"

我生气地说："跟你说一百遍了，这是小说！小说是虚构的是可以虚构的。"

"小说有什么了不起！即使了不起，也不能让我那些南下来的同志们不高兴。"

郁闷啊！

我不和菊红争论了，我下决心不再和她争论。其一，她是我妈。其二，我从小就怕她。当然啦，现在我还是怕她。准确地说，我是十万分地尊重她，她丰厚而伟大的经历和惨烈的灾难如同一座空前绝后的巨大丰碑，我的一生都在这光芒万丈的丰碑面前黯然失色。

我决定读好菊红这部大书，听菊红的话，照菊红的指示办事。

这时候我女儿万芊回来了，她最喜欢的事情就是趴在电脑前看我没写完的小说。

“妈妈你这是什么话呀？”她说。

“没办法。这是‘文革式’语言。保留在小说叙述者身上，那就是历史的真实痕迹。”

“‘文革’的时候你不是还很小吗？”

“是啊！但是那种氛围或者说是文化对各个领域各个角落的渗透，是丝丝入扣的。”

我夸张地表演我在“文革期间”读小学时的课间操给万芊看：

“对准美帝——杀！（朝左前方做刺杀状）

对准苏修——杀！（朝右前方做刺杀状）

对准各国反动派——杀杀杀！（朝正前方做刺杀状）

打倒美帝！（握拳举左臂，跺脚）

打倒苏修！（握拳举右臂，跺脚）

打倒各国反动派！（握拳举双臂，跺脚）

打倒新沙皇！（双臂朝后甩，跺脚）”

万芊“咯咯”大笑着滚在床上：“神经病！”

我自己也忍不住笑起来。

我家客厅的墙上挂着一张泛黄的旧照片，所有进我家门的客人无不被这张照片散发出来的强烈的信息或是磁场吸引。照片上我的父亲贺杰和母亲菊红分别搂着大姐菊乖和哥哥贺豆豆，站在右边的舅舅宫音书身挎一支枪是顶替了警卫员的角色，左边是一直跟着我们家当时的保姆周阿姨。

人们总是喜欢问："你呢你呢？你在哪里？"

我说："我还没生出来呢！那时。"

哈哈！还有我二姐菊香。那时我们俩都没生出来。

我的舅舅叫宫音书，和我母亲菊红姐弟两个从小相依为命。他们的母亲，也就是我的姥姥叫水妮，是河北无名县南盘村远近闻名的漂亮姑娘。红颜薄命的水妮嫁给资产丰厚的姥爷宫音克，生了这两个孩子，就早早去世了。

当年南下的时候，组织上决定给父母亲分配一个警卫员，母亲菊红做了个聪明的决定：带上弟弟宫音书。这样一举两得的事情，组织上也没意见。

于是舅舅宫音书也成为南下一员。

那年舅舅13岁。他顶替了警卫员的名额，正式参加了革命。

"他那叫革命？"若干年后，菊红总是碎碎叨叨地说，

“我南下带着他，他是占了一个南下名额的。一路上甭说照顾我，每到一个地方就不见他的人影。南下这么多年，他什么工作都没做，动不动就牛皮哄哄地说：‘老子革命多年’……”

菊红每每提起她在这个世界上唯一的亲人就气不打一处来。动辄嚷嚷“老子革命多年”，并转战大江南北的舅舅，后来却“服罪”回到了南盘村，终生成为一个地地道道的农民。我一直以为菊红就是不喜欢这个不争气的没出息的弟弟而已，但随着时光的流逝，发现这事并不那么简单。舅舅的故事越来越真实而沉重地捶打着我的心，使我不得安宁。

就这样，我扛着摄像机专门去了一趟河北邯郸无名县的南盘村。

一

河北邯郸无名县南盘村是个很有意思的地方。

不仅因为这里是菊红和她弟弟宫音书的家乡，更有趣的是这里的地理位置是与山东、河南交界，堪称“鸡鸣三省”。要说风水，当属南盘村最佳。看村头池塘边那五百年历史的三棵垂柳树，就是在整个冀中平原也屈指可数。

但南盘村的女人厉害，是出了名的。谁家若是丢了鸡，泼老娘们儿会蹦到屋顶上（天哪！幸亏都是土垒的低矮平房）放声大骂："哪个挨刀的货偷了俺们家的鸡，你不得好死啊！你生个儿子没屁眼啊！"

粗狂嘹亮的骂声就会飞快传遍河北、山东、河南。三个省的村民若是都刚好出来晒太阳，那可就更热闹了，三省人民会各自用他们的语言可着嗓门揶揄那蹦上房的娘们儿："啊呀！你家的鸡自己跑到俺们省来的！它自己不讲规矩的！"

"你今晚12点来俺们家取吧，顺便生个有屁眼的儿子！"

那房上的女人会蹦得更高："取！取！取你奶奶个脚！老娘我——"

每每吵到这样的高潮，家里的老爷们儿就会磕着烟斗跺脚吼道："快给老子下来！还嫌不够丢人的啊！"

这时，女人才不情愿地嘟囔着，撅着屁股顺着木梯从房顶上爬下来。

要说这三省的语言，当属河南话最强势，所以三省村民的语言都有点偏河南腔。仔细分辨才能觉得：山东话干巴脆最硬；河北话悠悠然最软；河南话不软不硬，有板有眼，速度放慢的时候就像唱豫剧。大概因为这个原因，其他两省的口音就向河南靠拢了。外地人分辨不出来，只有本地人听得出来。

太阳落山了，红殷殷的。三省的炊烟此起彼伏地袅绕着，交头接耳着彼此的是是非非到别的村别的省串门去了。

80岁以后的菊红经常回忆说，那个地方没有山，一马平川的冀中平原啊！从没见过山的菊红在夕阳西下的时候经常看见远处成片金黄的麦子地里突然被大片黑色的阴影遮蔽。

这是为什么呀？儿时的菊红大张着嘴，瞪着眼睛，奇怪极了。

但村里老人说，那就叫做“山”。

山在哪儿呢？是什么山？

老人说：山叫太行山，在很远的地方。只有太阳落山的时候，南盘村的人才看得见它投在麦子地的影子。

菊红总是充满感情地盯着那神秘的山影看。奇怪啊！没有山，哪来山的影子呢？冥冥中她觉得生活中有很多事情将要发生。

应当公允地说，三省的村民相处大多还是挺和睦的。春天里，山东的狗溜到河北的南盘村来“幽会”，山东人会亲自来把狗吆喝回去；秋天，河南的鸡窜到南盘村来啄晾晒在地上的庄稼，南盘村人就会“噢哧噢哧！”把鸡轰回河南境内。

当然咯，只有一件事情会例外，那就是如果南盘村的姑娘去了隔壁山东的管村串门，南盘村的小伙子们就沉不住气啦。他们一准会蹦到房顶上去瞭望，看看是不是自己偷偷喜欢的姑娘“溜号”了。

为什么姑娘们喜欢去山东的管村而不是同样也是隔壁的河南堰村呢？很简单，堰村穷，管村富。然而更重要的是，当时的管村已经悄悄地“燃烧起革命的烈火”，大有人心齐泰山移、誓把革命烈火燃遍全中国的架势。这对当时的年轻人具有无限吸引力。

抗日战争的硝烟燃烧到南盘村时，菊红已经成为一名机智勇敢的游击队通信员了。她最欣赏的就是隔壁管村里的山东人。

很多年后菊红还总是对孩子们说：“山东人就是厉害，聪明。我们河北的游击队埋的地雷很容易被鬼子发现，因为我们露在外面的那根白线目标太大。结果去向人家山东学习，嗨！他们动员大姑娘们把长辫子剪了，用又黑又细的头发丝做地雷引线，鬼子就很难发现啦！”

菊红对山东人的“厉害”到了耿耿于怀的地步。主要源于她始终认为南下时，本来是河北的工作组开往上海，走到半路给莫名其妙地折回来了。菊红很不服气地说：“毛泽东认为山东人厉害，可以降服精明的上海人。河北人胆小、脾气柔和一些，和爱吃辣椒脾气暴躁的湖南人在一起工作就不容易吵架打架。”

菊红为什么总是反复说这件事呢？大概她冥冥中的感应觉得，如果当年河北人去了上海，她的一生就可能不会那样曲折吧。她唯一的亲人宫音书也许就不会——

扯远了，还是回到南盘村来继续讲宫音家的故事。

南盘村的人家全部都姓张，只有宫音一家外姓，这也很奇怪。但日子长了，菊红就渐渐知道了一些事情。

1916年秋天，正是家家收杂粮的时候，南盘村来了一位不速之客——宫音克。

在一个极其封闭的北方小乡村，突然闯进一个异姓，而且是年方28岁的小伙子，再加上他奇怪得无以复加的姓氏，无疑是个爆炸性新闻。

更让人惊诧的是，神秘人物宫音克从大名府弄来几个泥瓦匠，在村东头大王庙后大面积的空地上盖了一片宅子。

宅子落成后，南盘村的人都看傻了。

奶奶的！这还了得，他宫音这外姓人家到底葫芦里卖的什么药？究竟是个什么人物，有这么多钱盖大宅子。瞧啊瞧啊，有栓牲口的前院，有正殿和东西厢房共十数间，后院很还讲究地种了很多梨树枣树山楂树。

南盘村沸腾了。年轻的小伙子坐不住了，他们祖祖辈辈在这里从没有这么大的压力。当然他们不知道这是压力，只觉得有一种从未有过的惶惶然。姑娘媳妇们则感到莫名其妙的兴奋，她们祖祖辈辈波澜不惊的生活好像要发生深刻的变化。当然她们不知道什么叫深刻，但至少她们知道了，原来生活是可以惊天动地的。

唉！这个宫音克，深深地沉浸在自己创业的喜悦之中，一点儿也没意识到自己把恬静了一个世纪的南盘村搅了个人仰马翻。

南盘村的人议论说，世界上根本就没有宫音这个姓，突然冒出来的这个人很可能是下位不久的皇帝袁世凯的哪个同族兄弟？更奇特的说法是宫音其实是他的私生子，趁着战乱时卷走了大笔财产，一个人从河南偷偷跑到南盘村隐居来了。

鬼话！袁世凯怎么说也是当过皇帝，他想生多少生多少，犯得着"私生"吗？

总之乱了套了！

一年后，宫音克娶了南盘村最漂亮的姑娘张水妮。

水妮的脸不同于南盘村其他姑娘，一水的白，标准的鹅蛋脸，就是尖下巴上有肉。南盘村人的审美很厉害的，不像21世纪的今天那种不可思议的集体无意识，一说尖下巴好看，所有爱美的女孩都恨不能把下巴整成能戳死人的锥子。这样的"美"，在南盘村人看来，是尖酸。水妮的腰细，却不是没有屁股的那种；水妮的身材苗条，却不是没有乳房的那种；水妮的眉不描而自黛，唇不点而自殷。一句话，水妮最好看，最好看是水妮。

婚礼那天，宫音克把全村男女老少都隆重宴请了一番。

老人们感慨万状，姑娘们羡慕得要掉泪，小孩子欢蹦乱跳着，小伙子们咬牙切齿地吃肉喝酒。

他们的心里痛啊！水妮是南盘村小伙子集体暗恋的好姑娘啊！

日子就这样往下过了。

婚后多年，水妮怀孕四次都奇怪地流产了，直到1930年，才艰难地产下一个瘦弱的女婴，取名宫音菊。

宫音克疼爱来之不易的女儿，取“菊”的灵感来自于村里家家围墙根下和田埂边都开着生命力旺盛的野菊花。他不期望女儿大富大贵，只求她一生平安，如野菊花那样，无论遇到什么样的艰辛和天灾人祸，都能坚韧地活下去。

六年后，水妮难产生下了一个儿子。不幸的是，由于失血过多，水妮没能抢救过来，两天后就撒手人寰。

这个一出世就失去了母亲的男孩就是菊红的弟弟、菊米的舅舅宫音书。

宫音书。这是个多么奇怪的名字。“宫音”还是个复姓呢，“书”！一般老百姓是不大会把这个字用在名字里面的。后来菊米才知道，母亲菊红应该叫宫音菊，但不知为什么南盘村的人都很忌讳这个姓氏，菊红为此也很纳闷，她参加革命后改了名，干脆连姓氏都去掉，难道仅仅是为了表示自己彻底革命的决心吗？一直延续到她的后代，再也没有“宫音”了。

二

上世纪九十年代最后一个夏天，我们家几兄妹专门安排母亲去了一趟河北，到了南盘村。

这是自舅舅回河北三十多年来，母亲菊红头一次回老家，来看这个动辄“老子革命多年”，却实际上从来不好好干革命工作，后来甚至被判了一种很不光彩的罪而“滚回河北”的弟弟。

事先我们没有通知任何人，也没有联系当地的民政部门。就是老太太要回家，没别人什么事。

菊红一步步走进南盘村的时候，我的心就一点点提到嗓子眼。一如当年的菊红看见远处的山影，总觉着生活中将要发生什么大事。

我还听见菊红的心，一点一点碎裂掉的噼啪声。那声音极其细微，但在我心里如八级地震。那些因破裂而散落在地上的碎片，则发出悠长沉重的叹息，在远处的太行山回响着——

那个应该被我称作“舅妈”的女人，满脸挂着我十分陌生的笑容扑向菊红扑向我们兄弟姐妹。当她想搂搂菊乖

4岁的孙女儿宝宝时，宝宝毫不掩饰地挣脱了她，拉着我女儿万芊跑到外面水塘边看鸭子游泳去了。

在水塘边，宝宝对万芊说："舅姥姥身上好臭的。"

舅妈的笑容高高挂在半空中。

不知为什么，我有点为她难过。其实我也不知道发生了什么，将要发生什么。

菊红在屋里来来回回走动，四处打量，把那些破旧的家具上上下下摸了个遍。

菊红就是没有问舅舅干什么去了。她还端着做姐姐的架子？端着革命家的架子？

还是舅妈自己说了："嗯，姐姐你来得不是时候，俺那个人去北京看俺闺女去了。"

菊红声音幽幽地说："这会儿去北京干什么？"

"俺大闺女寻了个婆家，他去看看，说三天就回来，昨天刚走姐姐你就来，太不巧太不巧了。"

我不放心水塘边的孩子，出门去看她们。

外面，太阳的白光下。菊乖、贺豆豆、菊香都在哭。压抑着哭，害怕被菊红听见。

我的心一紧："怎么了怎么了？"

"舅舅死了。三天前死的。"

啊！舅舅！我一下子控制不住要痛哭的表情吓得兄妹几个全来捂我的嘴。

千万不能让菊红知道啊！

这时，芊芊和宝宝跑过来嚷嚷说要拉屉屉。

“去吧，厕所在猪圈后面。”

她刚去，马上风一般折回来大惊小怪地说：“太脏啦！拉不出来。”

听说菊红回来了，南盘村的男女老少都挤到舅舅家破败的小院里来看菊红。

菊红眯缝着眼睛，费劲地猜测每个人的名字，猜错了，乡亲们就哈哈大笑，猜对了就使劲点头。

屋外，一个叫“小凤”的老太太自动把住大门，对每个闻讯前来的乡亲们仔细交代，千万不要把宫音书死了的消息告诉菊啊！不能让菊难过啊！

善良的南盘村人，这一瞬间都迅速成为好演员，个个都在菊红面前乐呵呵的，但出门就抹眼泪。

离开南盘村的时候，菊红把舅舅最小的女儿宫音巧带走了。她很气愤舅妈把一个清秀可爱的小姑娘弄得像个叫花子一样。不仅如此，舅妈还说，已经和北街的张大河家约定，把宫音巧给他家的瘸腿女儿做孙媳妇。

张大河？菊红说：“不行！”

菊红严肃地问舅妈：“收了他家多少钱？”

舅妈红着脸道：“五百。”

菊红生气地说：“就这？你就把孩子卖啦？”

“姐姐你不知道——”舅妈想解释，但菊红不听她说，从包里掏出一个牛皮信封递给她：“去还了她，再多给她一些。就说我说的，新社会不许搞买卖婚姻，犯法啊！”

在这样的事情上面，菊红永远是霸道不讲理的，好像这是她生的孩子，天经地义由她说了算。那窝囊的舅妈只有点头哈腰的份儿。所有来看望菊红的南盘村的老乡们都议论纷纷说巧儿命好，跟老革命姑姑去长沙那样大的省会城市，定会有享不尽的荣华富贵。

宫音巧怯怯的，脸蛋红红的，说话声音细细的。离开南盘村的时候，一个穿粗布白大褂的瘸腿老太太追着车跑：“我的天啊！你们把我的孙媳妇拉跑了，我不活啦！”

说罢，她真的往地上一躺，乱滚乱踹，顿时满头是土，大褂也散开了。

从没见过这种场面的宝宝惊讶地趴在车窗上看，她大声叫道：“啊羞死啦！她的奶奶都掉出来了！”

三

宫音书跟随着姐姐姐夫参加了革命。他没有任何铺垫，直接就成了一个神气活现的革命者。这一年他13岁，屁颠屁颠地活跃在南下工作团的队伍中。

这样一支队伍，没人和他玩。行军才不到一星期，宫音书就觉得没意思了，他总是想方设法开小差，一路上就不停地受到姐姐菊红和姐夫贺杰的批评教育。

宫音书对“革命”更失望了。他只剩下一件开心的事情，就是和一岁半的菊乖玩，有时还把她骑在自己脖子上。这时，小菊乖总是嘎嘎大笑着，非常开心。

好多年后，一起南下过来的同志们还说，那真是南下队伍中一道奇特的风景！

要说宫音书也真是个奇人，不喜欢革命工作了吧，但是对自己已经成为革命者十分得意，并且早早就学会了“包装”自己。

南下工作团不是正规军，所以着装很乱。特别是每当四野的同志们在前方打了胜仗，南下工作团就可以缴获大批敌方的衣物，每个人都按照自己的需求领来合适的穿上。

宫音书在这方面似乎是天才，他不知从哪里弄来一身国民党军队的旧军服，一双破皮鞋被他擦得锃亮，最不得了的是，他还歪歪地披上一件国民党军官的黄呢子大衣。

宫音书长得眉清目秀，这么一“包装”，还蛮惹人注目的。

贺杰一看，就生气地对菊红说：“看你那个宝贝弟弟，什么德性！还给我当警卫员呢？谁伺候谁呀？”

菊红就赶紧替弟弟打圆场：“他还小嘛！这行军路上他能熬下来也不容易，等到了湖南稳定下来就好了。”

贺杰两口子对警卫员宫音书同志的未来满怀着期望，

而宫音书自己也对自己的革命前途充满着必胜的信心。凭什么呢？就凭除了菊乖，宫音书是这支队伍里最年轻的一员，年轻就是资本嘛。

到了湖南没多久，他们转战召阳。姐夫贺杰当了县委书记，换了警卫员，宫音书就分配到召阳地委当了通信员。

这天傍晚，菊红做好了饭等贺杰回来吃，一直等到晚上九点半，才见贺杰黑着脸进门。

“怎么啦？”菊红小心翼翼地问。

“怎么啦？你说怎么啦？还不是你那个宝贝弟弟！”

菊红的心一紧，不知宫音书干了什么：“他怎么了？”

贺杰没说话，从口袋里掏出一封信递给菊红：“你自己看看。”

菊红展开信纸，那上面是这样写的：

贺书记您好！

我们考虑了很久，决定还是把宫音书同志的真实情况向您汇报。

宫音书同志分配到我单位任通信员以来，组织纪律严重涣散，工作任务不及时完成。他每天只热衷于看小人书、打鸟，十分的不成熟。如果派他去送文件，他早上出门，晚上天黑还不见回来。因为他年龄小怕出事，我单位每次派人到处寻找他，他不是在河边钓鱼，就是在电影院睡着了。

本来我们想通过做工作和教育他，使他改正缺点尽快成长，但是我们发现这个同志的特点就是喜欢摆老资格。动不动就号称“老子革命多年”！从来不把谁放在眼里。通过档案查询，我单位的确没有比他年龄更小就参加革命的同志，所以我们拿他没有办法。

因为宫音书同志是您的妻弟和曾经的警卫员，我们只好把他退还给您，请您和菊大姐考虑是否等他长大以后再安排工作？或者看有无合适他这个年龄段这种特长的工作？

没有照顾好小同志，我们感到很内疚，也给百忙之中的您添麻烦，望多多体谅！

此致

敬礼！

召阳地委办公室

菊红看了信，哑然。

贺杰气呼呼地在一旁瞪着她。

宫音书被地委退回来，安排在粮食仓库。这是贺杰的主意。

贺杰说："这样，就把爱到处乱跑的他套住了。一天八小时，不许离开仓库半步。"

宫音书很听话的样子，唯唯诺诺地点头说："是。"

安静了三个月，宫音书都没回家。贺杰无缘无故地觉得不放心，周末拉着菊红去仓库看望他。

隔着老远就听见仓库里传来二胡声，拉的是《二泉映月》。贺杰自言自语地说："嗯，闲情逸致倒是不少。什么时候学会了这个？"

敲门，门开。一大群肥肥的鸽子扑啦啦飞出来，吓得菊红一声惊叫。

唉！宫音书啊宫音书。你就是这样管理粮食仓库的吗？人民群众连饭都吃不饱的时候，你养的鸽子却在国家交给你的重要粮仓里随便大吃大喝。看看看！这哪里是鸽子啊，简直就吃成了可以在天上飞的猪！

贺杰和菊红沉着脸，看着满地的鸽子屎，无语。

经过深入调查，贺杰知道宫音书在这短短三个月里不仅迅速和当地一个花鼓戏班子打成一片，学会了拉二胡唱两句花鼓戏，还经常把戏班子拉到粮食仓库里吹拉弹唱——

"乌烟瘴气！"贺杰气愤地说，"把他放到部队去！到野战部队！让他好好锻炼锻炼，不然他就不知道怎么好好做人。"

就这样，宫音书参军了。

他在47军的一个侦察连待了两年。应该说这两年宫音书在部队锻炼得不错，还加入了共青团组织。

但是这也恰恰是贺杰和菊红两口子的生活发生惊天动地变化的两年。

先是菊红被坏人诬陷开除了党籍，祸不单行地接着贺杰被生生气得患了重病。

这一切，在部队的宫音书并不知道。

两年后，宫音书复员了。他自己要走，这是在常理之中的。说实话，他能够在训练和纪律如此严明的部队待两年，已经是奇迹了。

复员到地方的宫音书被分配到召阳地区肉食品公司，他的任务是“押送”各类禽肉到省城长沙，保障省城各级领导干部的供给。

“他妈的！”宫音书一听说给他分配这样的工作竟然大发雷霆，“老子革命多年！就让老子干这个啊？谁的资格比我老啊！凭什么让老子给他们送肉吃？”

但是很快他就安静下来了，聪明的他发现气氛不是他参军前的气氛，一切都不知哪里有点不对劲。当然不用太久，宫音书就知道了他走后姐姐家里发生的一切，他哭了。

从此，宫音书开始往返于召阳——长沙。他乘的是那个年代最慢的一种拉货的火车，车头噗嗤噗嗤地冒着白烟，火车跑起来的时候，宫音书就把车厢门拉开，两只胳膊大张开撑着车门，忧郁的眼睛望到很远很远的地方……

四

大姐菊乖最喜欢舅舅宫音书了。

这是当她听说我要写舅舅的时候才告诉我的。

小时候我们曾经住在长沙火车站附近，房子盖在地势很高的坡上，可以俯瞰京广铁路来来回回的火车。

菊乖和她的伙伴们经常在坡上看南来北往的火车。啊！最高兴的就是突然看见舅舅的火车开过来了！

菊乖和小伙伴们朝火车欢呼雀跃，尖声大叫："舅舅舅舅舅舅！"

大家都把宫音书喊成舅舅。这时，菊乖内心充满了兴奋和激动。她可自豪啦："看！这是我舅舅的火车。"

宫音书就在火车门口向他们挥手挥手……

这种美好的记忆，使得菊乖至今说起舅舅还总是哽咽。

菊乖是我们家最特殊的孩子，虽然文件上不认可，但她的确是从小随父母行军过来的"准南下干部"，她的生活轨迹也和我们后来出生的孩子不一样。我十分羡慕菊乖有过那样一个童话般的童年，从她平静的描述中，我极为难得地感知到了世界美丽的本质。

菊乖讲述的故事：

我两三岁的时候和爸妈一起住在召阳的清水桥，虽然说是刚解放不久，但是我十分有安全感，经常一个人走丢了，站在街上茫然四顾。但不知为什么，满街的人都认识我，总是有叔叔阿姨大姐姐把我抱回家去。

对了，我对商品是没有概念的，走在街上看见好吃的，就会拿起来吃。记得有次是爸爸带着我，见我这样他一把夺下来还给做买卖的摊主，拼命向人家道歉。我还记得那摊主一个劲地笑着要把我想要的东西塞给我，但是爸爸严肃地、铁心肠地一把又从我手里夺回去还给人家，弄得我总是哇哇大哭。

但是舅舅就不！舅舅总有办法化解这样的难题。记得有次我拿了人家一个棒棒糖，打开就吃。舅舅连忙从他包里取出日记本撕下一张纸，飞快地叠了一只鸟，拉拉翅膀还会动呢！他的手可巧了。就拿这些和老乡交换了我爱吃的，老乡很高兴。

后来不知道他们是搞土改还是去湘西剿匪，反正特别特别忙，没人管我了，就把我送到地委幼儿园了。

这个幼儿园好奇怪啊！建在一座很高的山上。房子还是粉红色的，到了春天，被茂密的各种花草果树遮蔽得远处几乎看不见。秋天果子成熟了，阿姨还会给我们每人发一个小竹篮，带我们到树下摘果子。

记得第一次去的时候，穿过一个山洞，汽车在盘山路上绕来绕去的，奇怪的事情发生了：山下的那些人都像小蚂蚁一样。我马上不哭了，专注地看着山下，生怕还会发生什么更奇怪的事情。

长大了就知道：山高，人小。

爸爸妈妈在忙什么我不知道，周末所有的孩子都回家了，幼儿园经常就剩下我一个孩子，这时舅舅来了。

因为当时刚解放，斗争情况复杂，地委幼儿园的老师十分谨慎负责。舅舅好说歹说，阿姨才勉强同意他领我去玩玩，舅舅高兴得背起我就跑，边跑边说："乖，舅舅带你去看世界上最大的花！"

啊！我看见世界上最大的花了。

好漂亮啊！我喜欢得不得了。

粉粉殷殷的大朵大朵的花，绿色的叶子比幼儿园装水果的盘子还大，那上面好多透明的珠子滚来滚去的，真好玩！

我试着想把珠子抓下来，奇怪耶！怎么抓也抓不住。

舅舅说，那叫荷花，那叫露珠。

这段生活非常快乐，没想起过爸爸妈妈。

好日子总是很短的。后来爸爸派了个叔叔来接我去湘西，我不去！躲在桌子地下被拖了出来。我又往果园里跑，喜欢我的阿姨边哭边来追我。直到把舅舅叫来，我才无奈地、乖乖地上车去湘西。

到了湘西，舅舅先带我去一个公园（后来才知道是烈士公园），那公园里有一个解放军叔叔的雕塑。不知为什么，我一看见这个不会讲话的解放军叔叔就吓得不得了，生怕他会从那高高的石阶上走下来。

一路上舅舅问我："想爸爸妈妈了吧？"

"没想。"我说。

"傻孩子！"舅舅说，"一会儿看见爸妈可不能这么说。你要说：'很想。'"

"很想。"我说。

回到爸爸妈妈湘西的这个家，耶！妈妈生了个小弟弟。我非常吃惊地看着床上躺着那个小家伙。妈妈过来抱起我亲亲说："乖，想妈妈了没？"

我想起舅舅的话，背功课一样说："很想。"

妈妈激动得流了眼泪。

舅舅在一边笑。

在湘西的生活很奇怪，家里有好多各种各样的枪，爸妈没事就摆弄它们。舅舅总是特别眼热地看着这些枪，经常想动手也去折腾折腾，但爸爸总是拒绝他说危险，不许他碰。

机会终于来了。有次，爸爸妈妈要和工作组到乡下去几天，就把我和弟弟贺豆豆临时交给保姆周阿姨。妈妈不放心，又把舅舅叫来了。

爸妈走后的一天晚上，舅舅兴奋地对我说："乖，想吃狗肉不？"

我想都没想就说："想——吃。"

湘西的伙食没有召阳幼儿园好，在这里待了这么久，总是想吃肉呢。

舅舅立马丁零当啷开始寻找什么。

"舅舅你找什么呀？"我问。

他不吭气。

一会儿，舅舅把爸爸的那支大一点的手枪找到了。他拉着我说："要不你和我一起去——"他余音未落，突然改变主意说："不不，你在家等着，舅给你弄好吃的回来。"

舅舅出门不多会儿，我听见一声枪响。

院子一片大乱，好几个声音喊："谁！谁开枪？"

我害怕地想：肯定是舅舅干的事。舅舅啊舅舅！你快回来吧。

聪明的舅舅是不会被人逮着的，外面安静了好久，他才溜墙根悄没声息地回到家中。

我们饱饱地吃了三天狗肉。上火，舅舅的鼻子都出血了。

爸妈回来了。

长期搞地下工作的爸爸一进门就皱起鼻子，深深吸气。突然脸色一变："怎么？哪里来的狗肉味道？"

他去摸枪。

我吓得滚到床底下。

宫音书！你这个无恶不作的家伙，把剿匪工作组那条立了战功的狗给打死了吃掉了。你要我怎样才能为狗报仇呢？把你煮了吃了？什么？赔钱？你这钻到钱眼里的家伙，你以为你两个臭钱就可以换回这么好的狗的生命啊？你以为这样就可以安抚一直为这狗伤心的同志们的心啊？你革命多年连这点觉悟都没有啊！去吧去吧去吧！不要在我这里晃，我再也不想看见你！滚！

五

不知道过了多久，菊红全家搬到长沙。这期间陆续生下了菊香和菊米。

这样漫长的一段时间，宫音书百折不挠地坚持犯各种各样的错误。

这样漫长的一段时间，孩子们亲爱的父亲贺杰去世了。

为了照顾心碎的菊红，宫音书调到长沙来工作。去省委组织部报到，回到家里就关上门恸哭。

菊红吓坏了，隔着门拼命喊："小书！小书！出什么事了？"

后来才很好笑地知道，组织部通知宫音书：他被安排在省委的果园工作。

那有什么好哭的呢？

“老子革命多年！他妈的，让我去果园当农民，老子在河北有的是果树可种，跑这么老远干什么来了？”宫音书这样说。

这些关于舅舅的故事，菊米从小就听菊红碎碎叨叨。那时她就想：在果园上班真好玩啊！舅舅为什么不去呢？大一点又想：果园的空气多好啊！舅舅为什么要哭呢？现在的菊米还会世俗地考虑到：如果当时舅舅留在省委的果园工作，如今至少享受着南下干部的待遇，当个处长没问题，混个厅局级也是未尝不可能的。

遗憾的是，他哪儿也不去。

菊红万般无奈地瞅着他，菊红累了。

宫音书不肯去省委的果园工作，他无比轻易地放弃了现在人人都眼红的“公务员”这铁饭碗，他失踪了三个月。

被各种原因搅得心碎的菊红没有去找宫音书，但有一天他自己回来了。

“干什么去了？”菊红沉着脸问。

“就，就在郊区帮老乡做了点事。”宫音书的声音虚虚的，这样的状态在他还是不多的。他仗着革命的老资格，从来都是牛逼哄哄。但是搁在茶几上的面包出卖了他的行踪，他忘记了菊红从小在游击队当通信员了吗？他不知道游击队的通信员就是半个侦察员和三分之一个特务吗？

菊红不费吹灰之力就“破案”了，她愤怒地指着茶几上的面包说：“你看看，你看看！这种面包只有火车上才会有。老实给我交代，你到底去哪儿了？”

宫音书！你哪是更老的革命家菊红的对手！你招了吧！你鬼迷心窍想发财，竟然跑到广州那样灯红酒绿的地方去倒卖紧俏物资，不幸被警察抓住关了三个月，唉！你什么智商啊？连当个坏人都当不好。

不过菊红唯一的儿子贺豆豆却对宫音书此举颇为欣赏，多年后的今天他这样评价说：“舅舅只是生不逢时而已，要是他赶上了改革开放，那他肯定是能抓住老鼠的黑猫，是先富起来的模范，是势利眼心中的大爷！”

菊乖是舅舅南下时一路背过来的，免不了对舅舅感情更深一层。她经常怀念舅舅带她看“世界上最大的花”那样的美好时光，那些“抓也抓不住的珠子”是多么多么的有趣啊！为什么现在就再也感受不到“有趣”了呢？

啊！还有和小伙伴们在高高的坡上拼命喊“舅舅舅舅舅舅”的时候，不就像发生在昨天的故事一样？为何眨眼就站在另一个世纪回望从前？

作为大姐的菊乖，在清明节这天做了一件事。她叫上贺豆豆、菊香和菊米，到他们小时候住过的那个院子，也就是铁路旁边高高的坡上。当微风袭来，斜坡上一片片明艳的报春花笑得嘎嘎的，笑声中火车驶过来，四十多年前的小伙伴们的叫喊声和今天的宫音家人的呼喊声交汇在一起：“舅舅舅舅舅舅舅舅舅舅”……

唉！舅舅啊舅舅！你后来到底干了些什么蠢事！

六

一个谁也不知道的秘密。

还是上个世纪最后一年的春天（注意：就是宫音书去世的那年），很平常的周末，湖南省的交通建设老干部办公室主任接待了一位特殊来访者。

“我是宫音书。”他说。

主任惊讶地看着眼前这奇怪的北方农民。当然，肯定是北方人，然后也肯定是农民，此人脸上沟壑交错的皱纹如同一张老旧的军事地图，明白无误地交代了自己转辗南北跌宕起伏的一生。

主任隐隐约约想起了一个遥远的传说。

说来话长，当初坚持不肯去省委果园当“园长”的宫音书，最后勉强分配在省交通建设办公室做点零碎活。

这一下，宫音书倒是安静了较长的一段时间。也许，他决心“改邪归正”，准备在长沙扎下根来好好过日子了。

如果不是1969年那个阳光明媚的星期天，如果不是当时的省交通建设办公室的主任张子腾的女儿大宝的诱惑，如果——唉！算了，人生没有“如果”。

“什么？！”大宝横眉竖眼地说，“我诱惑他？他神经病！无缘无故的他咬了我一口。”说罢，大宝泼辣地扒拉下右肩的衣领让菊香看。隐隐约约的居然还看得见她肩膀上两个牙印。

大宝和菊香的年龄相仿，所以她两个经常在一起叽叽咕咕的。

到底是自己的舅舅，做了这么不光彩的事情，菊香心里很是摆不平。她试图为舅舅宫音书找到一个开脱的理由，比如说是大宝先诱惑了舅舅，但大宝一听就生气了。

正是1969年那个明媚的星期天。大宝从大院的公用浴室出来，被热水喷过的脸蛋红扑扑的，长长的头发滴着水珠，顺着脖子流到薄薄的汗衫上，少女妙曼的身姿活活地凸显出来。

长沙是个很奇怪的地方，平时阴雨连绵，但经常是一到星期天就出太阳，搞得满城老百姓都在这个时候倾囊而出，挑起竹竿，晾晒发潮的被子衣物。大院里还有个后院，专门晾晒衣物的，打好了木头架子，一排排的竹竿搭在架子上，为了不至于和别人家的混在一起，有活得精细的人还用烙铁在竹竿上烙下自家的名字。

此刻，宫音书就在姐姐菊红家专用竹竿旁，专心地用烙铁帮姐姐烙上记号。他犹豫着，写“菊红”呢，还是写“宫音”呢？

就在这时，美少女大宝出现了。她悄悄的、笑盈盈的，浑身散发着当时最流行的上海日化出产的“雅霜”的香气。并且她的四周全部都是大院里各家各户晾晒的被单，宫音书和她就在这被单的狭小的空间遭遇。

天哪！向毛主席保证：大宝真的不是美女！她五官长得像她爸爸张子腾一样潦草，身材像她妈妈朱金枝一样滚圆。上帝造就她的时候没怎么费心就随随便便把她推到这个世界上。但是鬼才晓得啊！那天大宝就是妖气十足啊！使得我们的“老革命家”宫音书一下子就灵魂出窍。

33岁还没老婆的宫音书同志看见刚刚出浴的大宝，简直、简直、简直——

他脑子里什么都没有了，只有天仙般的大宝。大宝啊大宝，她光芒万丈地闪烁着，她头发上的水珠滴在地上，发出玄妙的天籁之音。宫音书完蛋了！他几乎就是瘫软在地，但他用仅剩的一点毅力让自己单腿跪在地上，嘴里念念有词。

宫音书心里想的是：“大宝，我爱你！嫁给我吧，我会让你过上好日子的！”

但奇诡的是，大宝听到的则是这样一些不成句子的断断续续的词组："我，不是，真的，日本人，女孩，可怕，可怕——"

大宝吓了一跳，呆呆地看着宫音书不知该怎么办。这时一直没抬头的宫音书忍不住伸手去摸大宝雪白的小腿，大宝歇斯底里地尖叫起来。

没等大宝反应过来，宫音书突然站起来，一把抓住大宝的胳膊狠狠咬了一口。

动辄"老子革命多年"的宫音书，因"猥亵妇女罪"判刑两年，监外执行。

他彻底没脸待下去了，他收拾了行李回河北去了。

这一晃就是30年过去了，宫音书奇迹般出现在省交通办。他尊严地、坚定地对主任说："我是来要求平反的。"

"平、平什么反？"

"就是，就是——我30年前，被判了一个流氓罪，我冤枉！"

宫音书奋勇而来，但是当他要再次叙述一次那件不光彩的事情时，他感到了艰难，他仍然难以启齿。

主任好像明白了，他感到好笑。真的，世道真是奇怪，这位新时代的主任岂止是觉得好笑，他简直就是要放声大笑了。当然，他不能笑，他笑不出来。因为他看到一个巨大的悲哀，那就是一个子虚乌有的罪名竟然把一个好好的人压迫了一辈子。他严肃地、认真地告诉宫音书，当时压根儿就没有判他的罪，只是保卫部门的同志受当时的老主任张子腾的委托，吓唬吓唬他而已。

这不是开玩笑吗？哪有这样的事？

宫音书死也不肯相信自己没有被判过罪，因此他那个架势就是如果不给他平反他就死也不肯走。

并且，宫音书老泪纵横地说：“主任你得替我想想，老子革命多年，什么也没捞着，还弄了个这不光彩。我听说现在有的领导嫖娼还公款报销，那我的事情和他们这比算什么呢？”说到这里，宫音书自问自答地说：“算不了什么。真的算不了什么！”

主任慌张地制止说：“这位老同志您可别乱说啊！哪有这种事情？就是有，党和国家也会严厉制裁这种现象的。”

“反正老子要平反！”宫音书大声地坚决地喊道。

七

从北京出发前，我给菊红打了个电话说准备去她老家看看。菊红却十分紧张说最好不要去，即使非要去，到那儿也不能“暴露身份”（长期搞地下工作的菊红，一生中都用的是这种地下工作者的语言）。

“为什么？”我感到奇怪。原本我以为她一定会高兴、激动。

菊红支吾着，好半天才吐出一句话说：“那个地方，不安全。”

这话可说服不了我，我不相信！有什么不安全的？

自从舅舅去世以后，菊红再也不提南盘村了。她是在舅舅去世两年后才知道的，除了平静地接受这个事实以外，菊红还曾一度出现恍惚状，她对此一直持严重的怀疑之心，认为是南盘村有人害死了宫音书。

而且，菊红心里还有个最大的心结，就是当年她爷爷在南盘村输掉的那片庄园。她越来越执着地认为，那肯定是南盘村所有张姓人家对富裕的宫音家族实施的一个巨大的阴谋。

我们家几个孩子总是很不善良地嘲笑菊红这种革命警惕性，同时哥哥贺豆豆幽默地说：“你不是革命者吗？怎么家里会有这么大的庄园？你得感谢南盘村的人把庄园赢走了，不然‘文革’的时候就又多了一个罪状。”

话是那么说，菊红的态度还是影响了我。车往河北开，我的心跳就加速了。我紧张？我害怕？

太可笑了！

我在去河北的火车上一路胡思乱想着，没多久就到邯郸了，有朋友帮我联系的海军某基地派车来接站。

邯郸这个城市比我想象的漂亮得多，楼房尤其盖得蛮气派的。在我的赞叹声中，司机介绍说，这里的消费群体有相当一部分是煤矿企业，所以物价和房价一点也不比省城石家庄低。

时间紧张，吃过中饭我们就直接开车前往南盘村。不到两小时，就进入无名县境内了。

车开到一片麦田中央的土路上。前方一辆摩托车迟疑地溜过来，我让司机熄火，下车去问路。

骑摩托车的是一位五十开外的村民，许是本地很少有外人来，所以我们的汽车惹起了他的好奇心，才磨磨唧唧没走掉。见我下车，他憨厚的脸上堆起笑容。

这时我才发现，我对母亲菊红生长的这片土地充满着无限复杂的、美好的异样情感，这使我对路边任何一个遇见的陌生人都没有陌生感。

"您好！请问南盘村怎么走？"

村民的笑容更浓稠了，如化不开的蜜："俺就是南盘的，你到南盘找谁？"

"我——"刚吐了半个字，就想起菊红的交代，我不知该怎么说时，他又迅速反应说："找村长吧？"

"对对对！找村长。"我居然顺口撒谎了。

他无比高兴地说："村长是俺亲戚。"之后他一脚踩到田边的土墩上，高举着胳膊指向右前方："往那么走，到头顺着左转进俺村了。"

我不想马上走，问他说："您姓什么？"

“张。”他上上下下打量着我。

当然是姓张了！南盘村全部都姓张，除了菊红这一家。

“您知道这村里有个张大河吗？”我这是什么意思？问他这些，好像是要和谁算账似的。

他一下笑开了花：“那是俺姥爷。”

我呛着了，不停地咳嗽。

那就对上号了！张大河！害我姥爷宫音克破产！他弟弟张弈天，就是我在《渡江》里写到的男一号张子腾的爸爸！害得菊红一家人仰马翻。

我犹豫了一下，忍不住问：“您认识宫音书吗？”

他脸上平铺的皱纹全部弯成问号：“宫音书？不是死了吗？”

“他家还有老婆孩子呢？”

“你咋知道宫音家？他家没人啦！他老婆刚死了，两个闺女一个嫁到青海，一个跟着宫音书他姐去了湖南。俺们都以为她去享福了，结果不到一年她就跑回来，她妈就把她嫁到河南去了，那家有钱，收的彩礼就盖了这栋房子。”

“他还有个儿子呢？”我急急地问。

“儿子？跑啦！他家穷，他妈把他给我们张家做女婿。就是，就是我堂妹的女儿想嫁给他，他收了张家一笔钱盖了大房子大院子。他妈一死，这孩子就不知去哪儿了。乱了套了，哭的哭喊的喊死的死走的走。唉！辛苦一辈子盖的大房子也没有人住。”

我傻在那里，脑子一片空白。

宫音家消失了！南盘村没有异姓人家了！在这之前或之后，我不知道世界上还有没有姓“宫音”的。

宫音巧那年被菊红带到长沙，被“逼”着去读书，可恨她身上宫音书的基因太顽强了，不肯受丁点约束，居然逃跑了几次，只好又把她送回南盘村，没想到还是被她妈变相卖了。

唉！

这位张家的后代，你读懂我这陌生人身上的宫音家族密码了吗？你看到我对这片貌似与我无关的土地与我丝丝入扣的关联了吗？南盘村就这样和菊红一点关系都没有了？我来这里的意义消失了？

我使劲让自己平静下来，轻轻地问：“你恨宫音书吗？”毕竟宫音书“文革”期间带领革命群众造反，把他姥爷打残了。

他憨厚地摇摇头：“他那时候是革命委员会的主任，做了什么事情也不是他自己情愿的，执行上面指示呗。”

我吃惊地看着这个张家后代，他是如此宽厚如此善良说话办事如此有板眼。我忍不住继续追问：“那听说他还干了不少坏事，比如说，村头那几棵百年老树也被他领着人给挖了，大王庙也被他掀了——”

“你怎么知道这么多？”他惊讶地问。

我一下闭嘴了。我决定不亮出自己的真实身份。

他却毫无城府地自言自语："宫音书的官当得不算大，他有个姐姐在南方当大官呐，也有人说她到北京中南海了，厉害着呢。"

我才知道，菊红在南盘村人的心目中是如此被神话。

终于到南盘村了。

一家挨着一家的院子，每家门口几乎都有一个或几个老人在晒太阳。

炊烟袅袅，池塘、新盖的大王庙……

菊红曾无数次向我描述过的景象一一呈现在我眼前。

幻觉中，我看见幼年的菊红在麦场踢毽子；幼年的宫音书在爬树；哦！还有神秘人物宫音克的庄园，那些菊红最喜欢的柳树、枣树。记得菊红说，她小时候在枣树下玩，一抬头就能咬到脆生生的枣子。可是我没有看见最令我神往的麦田里的山影，太行山！

我也没有看见村头那三棵被菊红描述了无数遍的、有五百年历史的大柳树。因为"文革期间"被宫音书带领革命群众"破四旧"给挖掉了。为此菊红在长沙不知骂了多少遍"无恶不作"的宫音书。

我完全忘记了这一点：一辆军车载着一个陆军一个海军在南盘村转悠，这是多么轰动的事件！这事件的严重性，完全背离了我当初来这儿的原意。

我听见村里人在窃窃私语："那女的是警察。"

“不是警察是当兵的吧？看她穿的像是军装。”

“不对呀！那司机穿的怎么是蓝色的衣服，和女的穿的不一样呢？”

“俺看着像是税务干部，要不就是城管。”

“你们别丢人了，那是陆军的服装，这蓝色是海军的服装。”

“二牛说的不会错，二牛当过兵。”

我听了在心里发笑。

听说我要找宫音书家，村里一下炸了锅，聪明的南盘人一下子明白了我的身份。

“菊，菊家的人吧？”

我意志有点动摇了，或许是宫音家族太孤独了，我其实多么想扑在哪个人怀里喊一声“舅舅！大娘！姑姑！婶婶”之类的。

但想起菊红的教导，我坚定地摇头。

村里人也就坚决地把我当成了来采访宫音家的“记者”。

这样，我就从乡亲们嘴里零零碎碎听到了一些关于宫音家族的故事。

八

老百姓说男孩子“七岁八岁狗都嫌”。不知这话有没有根据，但宫音书在六七岁的时候真是叫做无恶不作。

有一回，宫音书把北街张大河家养的那群鹅一个一个的脖子捏住，憋气的鹅只好张嘴，他就把细树枝撑在鹅的嘴里，张着嘴的鹅没法下水，就摇摇摆摆回家了。主人张大河奇怪，鹅每天按时回家，今天怎么这么早回来了？哟！怎么每只鹅都大张着嘴却不发声呢？仔细一瞧，气得直捶自己的胸。他心疼鹅啊！跟心疼自家的孩子一样。

村里人说宫音书“这孩子坏起来都和别人不一样”。

还有一回，宫音书把炮仗插在邻居家的猪屁眼里点着了火，噼啪一响吓得猪都早产了。邻居蹦到屋顶上骂，宫音书却满不在乎。他被父亲宫音克宠坏了，父亲去世后，他又被整个南盘村人给宠坏了。宫音书，就是不知天高、不知地厚的代名词。

南盘村人对宫音家的心情是十分矛盾复杂的，这要从宫音家的破产说起。

水妮死后，宫音克没有续弦。北街的张大河家托人来说媒无数次，想要宫音克娶了他们家哪个近亲的女儿，宫音克就是不愿意。

张大河在南盘村算是见过世面的人，早年在石家庄做生意，赚了些钱。小脑瓜子比南盘村其他人遇事要多转好几个圈。可以说，南盘村的有钱人家，除了宫音克，下来就数张大河了。

张大河的钱没有宫音家多，但势力却是宫音家不能与之相比的，他的哥哥张弈天就是南盘村的村长。要知道南盘村除了宫音家，其他全部都姓张啊！

张大河没事就爱到宫音克家串门，不多久，他们竟成为拜把兄弟。

那年秋收后，张大河撺咕着宫音克玩赌博，不知怎的，那天掷色子，宫音克的手气特别不好。在围观的南盘村人议论纷纷声中，宫音克赌红了眼，最后竟下了一大注：宫音家全部的庄园。

结果宫音克输了。

惨啊！宫音克一下子成为上无片瓦下无寸土的人。善良的南盘村人东家西家的想接济一下他，倔犟清高的宫音克不肯接受任何人的施舍，硬着头皮拖着两个孩子，还是水妮的娘家帮着他，在大王庙后面盖了两间土房。

宫音克没能活过那个冬天。

南盘村的人抢着要抚养宫音菊和宫音书两个可怜的孤儿。好像他们善良的心眼里觉得，南盘村全体张姓人家都对宫音家犯下了不可饶恕的过错。

张弈天叹着气，亲自上水妮娘家提亲，水妮娘就把外孙女宫音菊许给张弈天的儿子张子腾做童养媳。从这时候起，宫音菊改名叫菊花。至于后来又改叫菊红，是她从张家逃到游击队当通信员嫁给贺杰以后的事了。

收了宫音家庄园的张大河许是心中有歉疚，想把宫音书过继为养子。张大河没有儿子，就一个瘸腿女儿，村里人猜测他是想顺势让宫音书做他的上门女婿。小小的宫音书不知心里想的什么，他不说话，瞪着眼睛看人，死活不肯去张家。水妮她妈没好气地说："我家还养得起这个孩子!"

南盘村的老人私下里议论说，这怪怪的小男孩迟早是张家的孽缘。

这个时候，抗战爆发，日本鬼子进村了。

菊红早早被保护起来，藏到隔壁山东的管村一户洪姓人家。

担心的事情终于发生了，日本人到南盘村的时候，尽管村里人早有心理准备，但还是没料到如此恐怖。

所有的木门窗框都被鬼子用刺刀撬下来，在村口点起熊熊大火，紧接着是鸡飞狗跳。不多会儿，那些鸡鸭被鬼子用刺刀挑着放在火上烧得滋滋叫。

南盘村人想不到被叫做"东洋人"的日本人吃东西如此野蛮，他们狞笑着，把烧焦的鸡毛煺掉，就那样整只整只地撕咬着吃，没熟透的鸡肉淌着鲜血，远远看去，像是一群怪兽在吃人。

黄昏时，村里终于安静下来。

被姥姥按在家里一整天的宫音书，实在憋不住了，他悄悄地溜出来。

在这之前，宫音书还只是个孩子，他的世界只有蓝天白云麦田风云水土鸟牛羊……

一阵黑风旋转着刮过，急促的脚步声，“噗嗤”倒地声，惨烈的尖叫声……

这一切都在瞬间发生，8岁的小男孩宫音书还没来得及看清楚过程，究竟发生了什么。

他、他、他!!!

他看见远处的麦田被巨大的黑影笼罩，他看见天空变成了血色，他看见距离他不过十米远的大柳树下，一个日本鬼子像煺鸡毛一样扒光了一个少女的衣服裤子。

小男孩宫音书吓坏了，他认识这比他大3岁的女孩，她有一个好听的名字“枣儿”。难道日本人会把这女孩烧熟了吃?

更丑陋的事情发生了：那个日本兵，狞笑着解开了自己的裤子——

宫音书浑身剧烈颤抖起来，他甚至看得清楚日本人屁股上令人作呕的鸡皮疙瘩。

宫音书不知道鬼子到底想干什么，但凭本能他知道：

一件特别糟糕的事情要发生了。

接下来，这鬼子如同扒了皮的青蛙一样，趴到了中国少女枣儿身上。

枣儿激烈反抗着，不停地惨叫。但终于，在一声凄厉悠长的哭喊声后，昏厥过去。

日本人却没有因此停止他奇怪的、令宫音书百思不得其解的丑陋动作，他脸上挂着世界上最难看的表情，他像畜牲一样有节奏地抽动着，脸上的表情越来越拧巴，不知过了多久，他两眼往上一翻，像是中了子弹似的惨叫一声，瘫软下来。

蹲在墙角的宫音克“哇”地一下呕吐了。

从此，中国男孩宫音书的童年结束了。

从此宫音书的人生词典里没有“快乐”。

九

话说宫音书“平反未遂”，从长沙开往邯郸的火车上心潮起伏。

他真是想不通，在他的档案里面的确没有任何与“流氓罪”有关的记载。既然没有罪，当然也就谈不上“平反”了。

宫音书不敢置信，他反复问了交通办那位年轻的主任几次后，竟然放声恸哭。

主任的眼圈都红了。他叹气，吩咐人去通知宫音书的姐姐菊红，菊红还不知道弟弟来了呢。

宫音书一听菊红的名字，立马收拾行李直接去了火车站。临走前，反复交代主任，不许告诉菊红说他来长沙了。

主任答应了，派车送宫音书去火车站。

汽车驶出大门，主任目送着车窗里渐渐模糊起来的宫音书，感叹地想：这姐弟俩！前世的孽缘。

火车前所未有地轻快地驶向华北平原。宫音书望着窗外熟悉而又陌生的田野、山川，感到生活的颜色前所未有的绚烂。

他有一种无罪释放的感觉。

眼泪无知无觉地在他脸上滚。

黄鹤楼一掠而过；长江扑面而来；敦厚的中原大地呼啸而去；河北河北越来越近了！

宫音书一宿未眠。半梦半醒中，那个温良秀美的女人一直陪伴着他。

这个女人叫做“枣儿”。

宫音书小心地搂着枣儿，心痛或是痛心地轻轻呼喊着：“枣儿！枣儿！我没有罪了，我是清白的了。我可以好好爱你一回了！去他妈的日本狗强盗！老子下辈子还会当兵还会革命。日本鬼子你们再敢来，老子杀！杀！杀！……”

“同志同志！大爷您没事吧？”

是列车员，她见宫音书梦里还在愤怒地喊叫，使劲把他推醒。

宫音书揉揉眼睛，不好意思地冲列车员笑笑。他爬起来，拉开窗帘往外看——

他看见1969年的早春，那个已经不年轻的小伙子宫音书，十分狼狈地拎着一个旧皮箱，行走在通往南盘村还没解冻的田埂上……

宫音书回来了！

宁静了好多年的南盘村沸腾起来。

这里面有好几层意思：一是全部张姓的南盘村，又成为多了一个外姓的村庄。与半个世纪前宫音克来到南盘村相比，此次宫音书杀来的回马枪又将意味着什么呢？将会发生些什么呢？

令南盘村人想不通的是，老革命宫音书，今年33岁了居然还没结婚。

他有什么毛病吧？还是革命革傻了？村里老娘们儿大都这样认为，并且不由分说地帮着戳咕对象。

奇怪啊！宫音书和正经人家的姑娘谁都谈不成，他好像对这种事情很绝缘。但是到了年底，他突然宣布和本村的寡妇翠柳结婚了。

宫音书和翠柳结婚后一点也没耽误，第二年夏天就生了个女儿。

翠柳过日子还是一把好手。宫音书什么都不用操心，每到黄昏就蹲在墙根和村里的年轻人吹牛。他的话题结尾必然是“老子革命多年”如何如何。

南盘村的人，特别是年轻人，还是蛮崇拜宫音书的。

如此人间烟火的日子使宫音书耐不住了，他天性中不安分的基因开始蠢蠢欲动。再说，这时“文化大革命”的滚滚浪潮已经是排山倒海之势席卷中国。

革命！宫音书怎么能缺席呢？他这样的人，诞生在这个世界上就是为了革命，或者说是为革命而诞生！

南盘村革命委员会成立了！老革命宫音书当选为革委会主任。

“老子革命多年，”宫音书回家对老婆说，“今天终于当官了。”

十

话说宫音书被当选为南盘村“革命委员会主任”，他一下子抖起来了。

“革委会”的第一个革命动作，就是把村头的大王庙给掀掉，接下来又把池塘边那三棵五百年的老柳树锯断。他们心满意足地认为，这就是“破四旧”了。

当然，仅仅是破自然界的四旧还远远不够，还要落实到每个人。老革命宫音书凭着多年革命的直觉是这样认识这个问题的。

于是他带领革命群众冲到了村里最富的大地主张大河家。

在张大河破败起来的庄园里，宫音书感到了复仇的愉悦。他幸灾乐祸地想：乖乖！幸亏当年张家黑走了我们家的庄园，要不然今天我和他家就得调个儿了，我就得站在审判席上了。想到这里，他一拍桌子大吼一声：“把无耻的剥削阶级、丑恶的大地主张大河揪上台来！”

谁能想到，儿时的顽劣儿童宫音书，如今“出息”到能为祖宗报仇雪恨呢？

哈哈！山不转水转。风水轮流转，今年到我家。

从来都是繁荣昌盛的张大河家里阴了天，时不时听得见女人和小孩的哭声。

“革命委员会”的办公室就干脆设在了张大河家的正屋里。而张大河一家却被赶到原先长工和用人住的东西厢房。

宫音书带领他的革命队伍驻扎在这里，感觉十分好，他晚上也不回家了，就住在办公室。他感觉一切很自然，本来么！原本就是他的家嘛。

毕竟是出过远门，读过些诗书的老革命。宫音书不因地处偏僻而有所懈怠，他每天都可丁可卯地带领大家向毛主席“早请示，晚汇报”。

“早请示”之前，宫音书还专门弄了个升国旗仪式。一时找不到国歌，他就自己拉二胡。二胡拉国歌是一大创举，但毕竟气势上还是欠缺，他又加了一个敲大鼓的。这种别致的形式，在无名县都出了名，各村的“革委会”都组织大家来参观。

“晚汇报”时，仪式也是很庄严的，程序一个不能少：

全体起立。向伟大领袖毛主席敬礼！唱歌：“革命不是请客吃饭、不是做文章、不是绘画绣花，不能那样雅致、那样从容不迫、文质彬彬、那样温良恭俭让。革命是暴动，是一个阶级推翻另一个阶级的暴烈的行动。”

有一段时间，毛主席关于“文化大革命”的指示不断，上面规定“最新指示”不过夜，只要传到村里，大家立马得敲锣打鼓喜迎最新指示。

但是人们发现，这些“指示”经常都是用于指示各个不同地方的，对于本地的指示性不够强。“县革委会”说，党中央毛主席还要发一个适用于各地的全国布告。

宫音书很激动，但他不满足于这样被动的现状，他想：应该赶在全国布告发表之前写一首歌。

这天晚上，宫音书来了灵感，居然一气呵成了一首歌词：“金色的太阳当头照，伟大的统帅发号召，全国布告公布了，公布了！布告好布告好，全国布告就是好，就是好！就是好！全国布告就、是、好！”

唉！宫音书到底不是个一般人，随便做什么事都是那样的与众不同，连革命都革得和别人不一样。

第二天一大早，宫音书就兴致勃勃催着他为自己配备的“秘书”去找一个合适的人把他的歌词谱成曲来教大家唱。这样，他宫音书的风头就出大了。相信全中国也没有谁能有他这样的先见之明。在党中央毛主席的最新指示，也就是“全国布告”还没有来得及发布，他宫音书的迎接“全国布告”的歌曲都写好了！

天哪！通过这件事情，可见宫音书是一个多么忠诚于党忠诚于祖国的天才型的好同志。他只是成熟得晚一些而已。

这首歌居然很快就谱好曲了。

当“秘书”把歌谱拿给宫音书时，宫音书被电击了般蹦起来。曲子谱得不错，起承转合都很顺溜。在这样的地方，这么快写出来：“谁——谁写的？”

秘书有点害怕地看着宫音书，不知他反应如此激烈是什么意思：“是，那个、那个张枣儿。”

“谁？她是——？”宫音书前所未有地预感到生活中有一件大事要发生。一个很久很久以来被自己努力屏蔽的严重事件正一层一层剥开来，被宫音书终生都在逃离的某种真相，如远处的雷声，隐隐约约轰鸣着尖叫着喧嚣着越来越近越来越近……

“就那个被日本人——”

宫音书感到天旋地转。

十一

枣儿啊！

宫音书以为自己早就完全忘记了这个人，完全不记得那件事。他更加不清楚自己的一生其实都在和这件事情纠结。当年的他年轻英俊有才华，又是个有资本的“老革命”，在湖南工作那些年，怎么就没有娶上个好老婆呢？

他怕！他害怕女人，害怕一切与女人有关的话题和事物。女人于他，是地雷是风暴是定时炸弹！他一接近或是将要接近这个问题的时候，就会感到天旋地转、转、转，直到把他转进一个黑色漩涡，时空倒错，火光、烟雾、女人的惨叫和狰狞的淫笑声夹杂在一起……

可是宫音书同时又是一个正常的男孩和男人，他有美好的理想、愿望和正常的生理需求，但是他做不到。一如他当年明明想着要真诚地向美少女大宝表白自己对她的爱慕之心，结果只是（在旁人眼里）变态地咬了她一口。其实他悲哀的一生都在重复上演着这样旁人永远无法理解的闹剧。

当年的贺杰和菊红气愤宫音书被召阳地委退回来，只知他贪玩连送信都送不好，却不知小小的宫音书那时有生以来头一回喜欢上了一个小姑娘，因为这姑娘也在地委工作，使得宫音书十分痛苦。他只要看见这姑娘就恨不得用头去撞墙。他没法也没脸去和别人说，但又不知道这是怎么回事，苦恼啊！他只有借送信这大好差事，出门就永远不想回去。他在田埂和山路上疯跑，趁野地没人看见，脱光了蹦到路边的小河里泡一泡。就这，还是没把时光打发掉，那就到电影院去吧！

什么？要票？老子革命多年，从来没听说过看电影还要收票。知道我谁吗？

他总是如愿以偿，混混沌沌地在电影院一待就是一天。

被退回来后去了仓库的宫音书，奇迹般自学成才，二胡拉得巨好。谁能知道那还是爱情的力量啊！他悄悄地喜欢了剧团的一个女演员。

为什么要喜欢她呢？我为什么这么丑恶？为什么——甚至、有、和当年那个日本鬼子一样的动作——

“哇——！”宫音书剧烈呕吐，他真的用自己的脑袋去撞墙。他不想活了，为什么自己会像畜牲一样啊！

好在这样的一种病态时光不算太长，也没有任何人知道宫音书的秘密。姐夫和姐姐把他送到了野战部队。军队锻炼了他，给了他正面的能量，他渐渐成熟，知道自己有些问题，他私下里学着自己解决自己的问题。

退伍回长沙，本来他想“重新做人”，但老天没成全他，出了“咬人事件”，这脸丢大发了！只能回河北了！

有“问题”的宫音书，见到喜欢的女人就躲，为什么却如此顺利和寡妇翠柳结婚了呢？

不奇怪，这翠柳做姑娘的时候在南盘村名声就不那么地道，结婚不到一年，丈夫就得暴病死了。26岁的她可是个闲不住的女人，要不是刚好那年底宫音书回到南盘村，她还不知惹出多少麻烦来呢。

老革命宫音书回来了！他居然还没老婆，翠柳不抓住他还抓谁？翠柳的媚眼和蒲公英一样满天飞，不管三七二十一地扑了上去。白天给他去做饭，晚上给他纳鞋底。弄着弄着终于就弄成了事。

日本人造孽，却给一个中国男孩造成终身伤害，在心理学上，宫音书属于恐怖性神经症或是“创伤后压力违常”，是超乎人类正常经验之外的创伤性事件。他长时期处在极度的焦虑之中，面对正常的美好的异性，总是有强烈的罪感，也无法接受自己正常的生理需求。没想到化解这一切的，却是一个放浪的寡妇。

按心理学解释，宫音书是无意中选择了“厌恶疗法”。即用作为惩罚的痛苦体验，来治疗他先前的某种厌恶情绪。比如治疗酗酒者，会给他致吐剂。所以寡妇翠柳无意中成为宫音书的精神“呕吐剂”，她使得宫音书紧张的精神在某个瞬间获得爆破性的放松。

但愿宫音书的这场婚姻的环境和气氛能够良性循环下去，使他获得重新组合自己某一部分分裂人格的机会。

甭管怎么着，宫音书总算可以做男人了，有家了，有孩儿了。

事物总是祸福相依。宫音书好歹也是略懂一些诗书的、见过世面的革命家，日子长了，他的心头隐隐约约的开始有些说不清道不明的惆怅。

这又是怎么回事呢？

直到那个叫“枣儿”的不幸的女人再度出现在宫音书的生活中。

宫音书8岁时看见枣儿被日本鬼子糟践，打那以后直到再次见到她，整整过去了25年。

十二

这期间宫音书被召唤到县里参加了一个学习班。当他回到南盘村的时候，发现村里的气氛有一些变化。

原先被拆掉的大王庙前，搭起了一个土台子，左右两根简单的柱子上扯着一条横幅：“批斗大会。”

“批斗谁？”宫音书问“秘书”。

秘书惊讶地反问："批斗破鞋啊！你不知道？"

宫音书奇怪地问："谁是破鞋？"

"就那个，那个张枣儿呗。"秘书好像显得漫不经意地回答。

"混蛋！"宫音书的愤怒从天而降。这完全是本能，是直觉，或者说是觉悟。他一拍桌子："谁让你们这么做的？"

秘书从没看见宫音书发这么大的火，他吓坏了，结结巴巴地解释说，因为"上面"通知，每个村除了要揪出一个地富反坏，还要揪出一个破鞋，南盘村的女人都很好，到哪去完成这个"破鞋"的指标呢？大家想来想去，终于达成共识：张枣儿。对！就是她。

"为什么？"宫音书阴沉着脸问。

不识趣的秘书以为自己说服了宫音书，颇为得意地解释说："因为她曾经被鬼子强奸过，后来嫁给管村的人，人家最后还是嫌弃她，离了，再也没结婚。都快40岁的女人，还不结婚，她想干什么？再说这女人长得好——"

说到这里，秘书下意识住嘴，看了宫音书一眼。

宫音书皱着眉头说："说啊！长得怎么了？"

秘书歪歪斜斜地笑着贴近宫音书耳边说："长得挺好看。村里很多女人都很防范她，怕她和自家的男人——那个。所以大家觉得，把这个破鞋的指标给她最合适。"

"合适你娘个蛋！"宫音书实在憋不住了，破口大骂，"你们这些猪脲的（这个'脲'字无法解释，是湖南骂人的话，南下干部宫音书一骂人就带湖南腔）！解放这么多年了，还他妈没有一点政治觉悟。我操！政治觉悟，你们懂吗？日本鬼子欺负我们的女人，我们解救不了她们，反而还在她们受伤的伤疤上再捅一刀，是人吗？是人能做出这样的事吗？谁他妈决定的？老子枪毙了这狗杂种！”

宫音书一口气嚷嚷完这些，发现他的周围一个人都没有，大家都被他吓跑了。

说来也是怪，这二十多年来，宫音书再没见到过张枣儿。这个女人命如草芥，也从来没人提起过她。因为被日本人糟践过，她当时要自杀，被隔壁管村的洪姓人家收养了。这洪姓人家的家境还算不错，当年宫音书的姐姐菊红躲避日本鬼子，也在他家待过。

张枣儿在洪家被保护得很好，还念了私塾，解放后又去上了师范学校，学的音乐艺术，在无名县当过几年小学音乐老师。“文革”期间，她被清退了。但此时的枣儿已离婚，无家可归，她的养父养母已去世，洪家唯一的儿子参加革命早就不知去了何方。枣儿只好孤零零回到南盘村，临时寄居在她瞎了眼的姑妈家，两人相依为命。

了解了张枣儿的这些情况，使得宫音书突然有一种马上要去见见她的冲动。

宫音书是走着去的，但一路上他感觉自己好像骑着一匹马。

就是所有的英雄骑的那种骏马。

枣儿！枣儿呀！是你吗？

时隔二十多年，宫音书感觉自己好像是一出生就向这个女人走来。

他来救她。

他来赎罪。

他小时候没有救得了这个女人，结果他一生中都活不好。

尽管在见张枣儿的一路上做了无数铺垫和想象，但宫音书第一眼看见张枣儿的时候还是崩溃了。

他完全没有了意志。

这个女人整个如一张剪纸，薄、瘦、白。

农村哪有这样的女人？她好像属于另一个世界。

还有，枣儿的五官顺眉顺眼，黑眼仁很大很亮，眼珠儿一转，永远含着欲滴的泪水。

宫音书那天对张枣儿说了很多昏话，他和枣儿后来都不记得了。

但是有一句话他俩永远记得。

“枣儿，枣儿！你让我心碎！”

不知道哪一天，什么时候，这两个命中注定迟早要相撞，要感情核爆炸的人儿快要融为一体的时候，宫音书的嘴里还在嘟嘟囔囔地念叨着：“我心碎，我看见你就心碎。”

枣儿泪流满面，她梳得整齐的发簪被宫音书撞散了，长长的头发洒落在白皙的肩膀上，眼泪把她的长发都打湿了，她拥吻着宫音书，使劲使劲地贴紧了他的身体说：“你是我的心碎，我的心碎……”

宫音书被枣儿带领到了一个神奇的世界，那是一片温暖的沼泽，那是通往幸福美丽的隧道。当他俩终于一起达到快乐的巅峰，无数金色的碎片洒满宇宙。

老革命宫音书彻底变了个人。他美好、善良、敬业、勤快。他发誓要让枣儿过上美好的生活，发誓要让自己美好美好更美好。这样，才配得上美好的枣儿。

很多很多年以后，宫音书还为了这个“美好”的誓言专程跑到长沙去，找了原单位的领导要求“平反”。

这个时候的宫音书，已经是三个孩子的父亲。

出大事了！

从长沙回到南盘村不久，宫音书吃完一碗翠柳亲手为他做的手擀面，就静静地死去。

他死得毫无痛苦。

从另一种意义上说，他完成了精神上的轮回。他解救了自己，解救了他人。还有一件重要的事情，就是他为自己平反了！虽然无反可平。他是一个好人，这就够了。

那翠柳呢？

村里人用疑惑的眼光瞅她，她受不了，想跳河，被人们死活拽了回来。

但是，枣儿却跳下去了。

她和宫音书一起去了。

尾　声

宫音书的故事让我心碎。

我万万没想到，舅舅宫音书的心路历程是如此复杂，如此跌宕起伏，在他一切的恶作剧的背后，有着那么沉重的历史包袱。

离开南盘村之前，我专门去看村头新盖的大王庙。听说是九十高龄的张大河捐款盖的。张大河的瘸腿女儿嫁到山东去，很少回来，他一个孤寡老人住进了无名县的养老院。当年他费那么大劲赢了宫音家族的庄园，现在被他捐给村里盖了小学。

大王庙就盖在原址上，红砖黑瓦并不像个庙的样子，但房子很大，有五六十平米的样子。大门锁着，不知钥匙在谁的手中。

天将黑，没有多少时间了。我就趴在庙门缝往里瞅——

呀！怎么把毛泽东刘少奇周恩来朱德这些伟人的雕像

都放在庙里了？

乡亲们七嘴八舌地说：俺们这里不管那多，只要是好人都放在这里。

再仔细看看，奇怪的事情发生了：挨着庙门的右手边，分别立着一男孩和一女孩的雕塑。雕塑很粗糙，但很生动。这是什么意思啊！

乡亲们又叽叽喳喳地解释说：这是俺们这个村里走出去的姐弟俩。这是宫音菊，那是宫音书。本来大家说宫音书没有姐姐好，官也没有姐姐大，没资格进大王庙。但张大河说：宫音书是个好孩子，聪明着呢。当年要是不回南盘村，还不知出息成啥了。就让他陪着姐姐吧！

我震惊！无语。脑子里回响着各种各样的、类似于电影中被导演刻意处理成稀奇古怪的音效。

一个白发苍苍的老太太呵呵地笑道："那敢情是，后来张大河一提起宫音书这孩子，就又笑又骂的：我家的鹅啊！被这小子用树枝撑着嘴巴……"

池塘边小卖部的胖大婶边嗑瓜子边说："他呀，我就记得他最喜欢说的一句话'老子革命多年'。他可是别提多神气了。"

在这些古怪的音效声中，我拿出手机，拨通了长沙，菊红在电话里大声喊着："哪里啊？"

"南盘村。"我说。

菊红哭了。

她革命多年，几乎从没回家。她总是说家里没有人了。

今天她才知道：没有人了，家却还在。那是气场，是祖祖辈辈的魂灵，是父老乡亲的温度。

菊红说："米呀，你代妈妈给村里的乡亲们磕个头吧！妈妈老了，回不去了。"

我使劲使劲忍着眼泪，慢慢地、慢慢地跪下来。面向大王庙里的好人们，面向南盘村所有善良的父老乡亲！

……

我扛着摄像机上车，汽车在南盘村狭窄的街道上徐徐前行，我摇下车窗——空阔的麦场上，一个汉子抡起大刀和响铃，扯起嗓门吼出一段河北梆子《打渔杀家》：

"久别重逢在江下，
古道热肠果不差，
日落西山天已晚，
一轮明月照芦花。"

啊！我看见冀中平原那最奇特的景象了：远处一望无际的金色麦田，被一块巨大的山影遮住。这听起来十分不可思议，从地理学原理上似乎也解释不通，但是我的确看见了。

我看不见山，但我知道那是太行山。因为菊红一生中不知多少遍地向人们描述过这景象："太阳落山的时候，山影就投射到我们的麦田里。老人们告诉我们：那就是太行山。"

菊红一生中没有看见过真正的太行山。

宫音书见到过。酷爱读书的他还喜欢根据自己看书得来的常识和菊红争辩：太行山影不可能透射在南盘村的麦田里。

菊红为这事也恨过宫音书。

在菊红心里，太行山，就是革命！就是斗争！就是英特纳雄耐尔！

菊红所有的孩子都愿意相信：南盘村的麦田里的影子，一定就是太行山。而太行山于他们的父辈而言，就是革命！就是斗争！就是英特纳雄奈尔！

青梅煮酒

别在意恐惧，它根本不存在。

一

1942年6月21日是什么意思？有一天我刚从梦中醒来，就记住梦里有个这样的日子。迷迷糊糊中，我一直顽强地提醒自己：一会儿起床可千万别忘记这个日子！我要去问菊红，也就是我妈。我坚信这个日子与她有关。

但是菊红诧异地说："你怎么这样奇怪啊？做个梦也要当真。"

我说我不知道，大概是遗传的吧。菊红说："你尽瞎讲！我从来没这样的毛病。"

毛病？她居然把这种准天才的行为说成"毛病"。我这一生中还不知多少类似的好毛病被她夭折了。好在我越来越坚强（其实是固执），特别是当我清醒地意识到那是一些多么宝贵的好东西的时候，我会毫不犹豫地"冒着菊红的炮火前进”！

所以我狐疑地看着菊红，坚定不移地追问：“你想起来了吗？1942年的6月21日。”

沉浸在回忆当中的菊红吓了一跳，她的视线中，1942年6月21日如电影中某种特技镜头，把正在进行时的这幅画面中所有的一切：村庄、黄狗、麦子地、枣树……所有的一切飞快地向后退缩、退缩，直至缩成一个五彩斑斓的琉璃球，在地面上使劲地蹦着蹦着就不见了。

菊红很遗憾。刚才，她仿佛做了个梦，只不过是白日梦罢了。在这个梦中，她回到了南盘村。

二

没错。1942年6月21日那天，鬼子进村了！

提前得到消息的南盘村刹那间鸡飞狗跳，好像被魔术师的魔棒点了一下，家家户户的姑娘们顿时无影无踪。

由于南盘村坐落在山东、河南、河北三省交界的位置，所以刚刚被送到河北南盘村张家做童养媳的菊花（参加革命前的菊红叫“菊花”），便临时被转到山东管村洪大爷家避难，主要是因为管村村民挖的地道非常好，并且几乎家家相通。洪家也有一个设备齐全的地道。当然，还因为洪家在管村的地位相当于张大河在南盘村的地位，只不过洪大爷祖上是读书人，做人比张家更明白事理。所以，甭看张家人平时做事有点混不吝，但场面上的事一点也不马虎。即使送没过门的童养媳避难，也要寻个门当户对的人家。

其实要说钱财，洪家并不比张家阔。但是洪家有两个好儿子：洪峰和洪涛。

洪家对两个儿子的培养可以说是倾囊而出，两个都在天津念过中学，小儿子洪涛留在天津做生意，大儿子洪峰则回到管村帮助父母打理这个家。当革命的烽火燃到管村，洪峰便成为这个村的游击队长。

菊花进洪家大门，正撞上洪峰从地道里爬出来，弄得满头都是麦秆和灰尘。菊花见他这样子，想笑又不敢笑。

洪峰一边使劲搓手，一边淡淡地说："来啦。"便扭头进屋了。

奇怪，当洪峰的背影刚一消失，菊花心里就突然有了一种丢失了什么又多了点什么的感觉。

从此以后的所有岁月，只要想起1942年6月21日这天，菊花的眼前永远是洪峰那对一闪而过的剑眉。

洪母是个慈祥的女人，看见梳着一根大辫子的菊花，上上下下打量着，喜欢得不得了，拉着菊花的手问长问短。

菊花在洪家待了几个月，和洪母学会了做各种面食。

心灵手巧的菊花还把馒头做成白兔的形状，眼睛部位镶上两颗红豆，“兔子”的脑门上粘两只长耳朵；有时，她又把馒头做成刺猬的形状，用洗净的剪刀在“刺猬”背上一小刀一小刀地剪出许多小刺来，她总有很多新奇的点子，好像天生就是个生活的创造者。特别是她纳得一手好鞋底，远远近近的姑娘媳妇们都来向她取经。然而对于菊花来说，更重要、更有意义的是，她参加了“革命工作”，每天和儿童团员一起，爬到高高的树上看鬼子进村了没。

管村的游击队长洪峰很少回家，即使偶尔回来，也不怎么说话。吃饭如风卷残云，放下筷子就走。

不知为什么，每次菊花看见洪峰，就好像有些小兔子在心里乱跳，指尖发凉，喉咙的深处有窒息感。这是怎么了？小菊花真是不明白。

毕竟是个孩子，小菊花最喜欢和村里的姑娘们一起踢毽子。但是只要看见洪峰远远的身影，菊花就吓得刺溜一下跑回院子里。

有一天，菊花帮洪母洗衣衫，正费力地搓着一件白色的粗布褂子，洪峰回家了。一见菊花手中的衣服，上去就夺了下来，他压低嗓门说：“俺的衣服俺自己洗。”菊花不肯让地方，赖在板凳上不走。洪峰双手卡住她的小腰，轻轻一举就把她挪开了。

菊花羞得红了脸，飞快地跑回屋里。

晚上，菊花好半晌没睡着。迷迷糊糊中听到洪峰和洪母的对话："娘呀，这小丫头在咱家日子不短了，迟早她得回南盘村的婆家吧。"

洪母叹气说："是啊。也是穷惹的，要不，谁舍得把这么水灵的好姑娘随便许了人家？"

洪峰闷闷地问："给了那家多少？"

"听说就是五斗高粱。"

谁也想不到，第二天，南盘村的张弈天家就收到十斗高粱，是管村的游击队长洪峰亲自送来的。

"现在不时兴买卖婚姻了，菊花她参加我们游击队了。"洪峰大手一挥，张家人眼睁睁看着他把没过门的童养媳菊花领走了。好在张家的儿子张子腾还有男儿的血性，一气之下和邻村的一个姑娘结了婚，不久又去东北投奔了林彪的部队抗日联军。

这时菊花13岁，洪峰大她6岁，今年19岁了。

也就是从这个时候起，菊花改名为菊红，她正式参加革命了。在管村游击队当了一名通信员。她每天的任务，就是拿着红缨枪到村头去放哨。为了及时发现敌人，菊红总是爬到高高的老槐树上瞭望远处，一旦有了情况，她就一溜烟滑下树干，拼命往村里跑，边跑边大声呼喊："鬼子来啦鬼子来啦！"

不久，局势恶化，日本在管村也修建了炮楼。游击队所有的工作都转入地下，这个时候的小菊红却意外起到很重要的作用。由于她年龄小，发育又晚，看上去就是丁点大个小孩，不惹人注意。所以，游击队经常派她从鬼子的眼皮底下穿过，到邻村去送情报。

有一回，洪峰把菊红叫来，交代给她一个艰巨的任务：到鬼子的炮楼里去，摸清他们的武器装备情况。

这不是开玩笑吗？菊红，一个不丁点的小姑娘，且不说深入虎穴的危险，更不用提还要了解他们的武器装备，菊红她懂多少这方面的常识？

但是洪峰有办法，他往菊红的口袋里倒了一碗豆子：“喏，记住了：这里面是炒熟了的黑豆和黄豆。见着鬼子别慌张，你甚至可以掏出几粒吃，记住别吃光了！然后你和他们周旋。进到炮楼里后，就要留神了，看到有这样的炮弹你就把左边口袋里的黑豆拿一粒出来，放到右边口袋里；看到这么大、这么长的枪，你就把黄豆拿出来放到右边口袋。记住了：有几杆枪就放几粒豆子，别搞错了，别记混了！”

菊红接受了这个艰巨的任务，心里噗通噗通地跳。说真的，她倒不是因为害怕和紧张，而是洪峰头一回亲自给她下命令，令她又一次经历了那种“指尖发凉，喉咙深处的窒息感”。

去炮楼的一路上菊红都在想：这是为什么呢？很奇怪呀，小菊红怎么想也想也不明白。

三

“这叫‘甜蜜的痛苦’。”时隔半个多世纪的今天，菊红头一回给女儿菊米讲述这个埋藏了七十年的秘密时，菊米不假思索地这样形容。并且，她毫不怀疑那个叫做“洪峰”的游击队长，也对菊红一见钟情。他两个见面的第一眼，是地陷天塌、山呼海啸，是少男少女如火山将要喷发前的情愫涌动。

菊米又惊讶、又兴奋。她赶紧拿出纸和笔，双眸炯炯地紧盯着菊红，急急地追问：“后来呢？后来呢？”

沉浸在“甜蜜的痛苦”回忆中的菊红，没有注意菊米的情绪，自言自语地说：“什么甜呀苦的？那时候我们一心打鬼子，根本没有把心思放在个人感情上，哪像你们现在——”

好了好了！菊米连忙投降。她每次和母亲菊红争论这样的问题总是没有结果，没有意义，总是不欢而散。因为菊红对菊米的婚姻和感情的处理十分不满，所以菊米懂得不和菊红争论，她只要结果，她期待一个惊天地泣鬼神的爱情故事。

但可恨的是，每当菊米一提“爱情”，菊红就十分不自在，十分不乐意，她否认爱情，甚至对这个词很不习惯，每每说起来，她会感到脸红。

知道了。在那个时代，说什么爱情，这都是小资们的事，是剥削阶级的消遣。一个彻底的革命者，一边革命，一边谈恋爱，那岂不是——

再说了，难道那种纯洁的革命友谊，可以和现在的年轻人动不动就谈及的爱情是一个意思吗？

不是。绝对不是一样的。

那么这到底是什么呢？

“初恋！”菊米大声说，“妈呀，这才是您的初恋啊！”

菊红被菊米吓了一跳。她严正申明：“别瞎说！在那样残酷的战争年代，活下来就是我们的目标，哪有闲情谈什么恋爱？”

菊米听了，认真地盯着菊红的脸说：“妈呀，你知道现在意识形态领域有一种说法吗？就是要警惕那种用所谓传统绑架道德；用道德绑架爱情；用革命绑架人性；用人性绑架——”

“住嘴！”菊红说。

菊米和细细的父亲离婚十年后，跟中学同学万小博结婚了。中学时代，学校演出队排练芭蕾舞剧《红色娘子军》，在长沙城十分轰动，饰演洪常青的正是万小博。当时的菊米只是扮演了一名普通小战士，混在娘子军中跳群舞。她总是默默地来参加排练，默默地回家，每一件事情都会使劲去做好。比如说跳舞，有一个苗族舞蹈《织花布》。编导让一群女孩表演织布的情形，舞蹈语汇十分清楚，观众一看就明白：这是在编织。为了让编织更加艺术化，又加入了很多其他元素，比如芭蕾舞中的旋转。特别是到这个舞蹈的结尾部分，音乐的节奏越来越欢快，把编织花布的劳动场面推向喜悦的高潮。所以编导让大家每做完一个“编织”的动作，就要分别向左和向右旋转两圈。但是当菊米完成这个动作后，却发现一个问题，这个动作是在两个四分之二拍之内完成，但是最后一圈音乐部分延长了三分之一，如果还是只转两圈的话，看上去有点傻，对于舞者来说就是不过瘾。

琢磨了几次，菊米向编导提出：应该再转一个圈，这样就增加了舞者的难度，也更好看一些。但是没把菊米放在眼里的编导当即就否决了。

菊米并不甘心，排练的时候循规蹈矩，但到了演出那天，却在舞台上自由发挥，非常尽兴地比别人多转了一个圈。

第二天，菊米在学校池塘边的林荫小路上遇见万小博，他本来已经走过去了，不知想起什么又在后面喊：“菊米！”

当时的风气是男女同学没有万不得已的事情，就互相不讲话的，演出队的同学也一样。

万小博看着菊米的左肩膀说：“菊米你好，昨晚的演出你发挥得特别棒，台下红领巾歌舞团的团长指着你说：‘这个女孩跳舞是用全身心在跳，她不是那种自我表现型的，你们看你们看，她特别投入。’菊米，我以前没注意过你，因为你总是跳群舞嘛，昨天我才发现，你真是棵好苗子。”

万小博有个奇怪的“毛病”。他和女孩子讲话的时候，只看着对方的左肩膀。学校的女生都喜欢背后议论他，有人说他是不好意思，有人说他是傲慢。菊米和他是邻居，却从来没有思考过这个问题。或许在菊米内心深处，在抵触这个长得帅帅的大男孩。因为喜欢小博的女生很多，和这样的男生打交道，对清高并且藏得很深的骄傲女孩是一种伤害。

“妈妈，你小时候是不是就喜欢了万老爹？”细细问菊米。

“没有！”菊米坚决地说，“向毛主席保证没有。”菊米告诉细细：我们那个年代的人，不会动不动就喜欢上谁。他们往往直到结婚，都是被动的，结婚后再谈恋爱，是普遍的、见怪不怪的事。

可是细细不放过菊米，她不相信：“那红色娘子军这个故事里面的吴琼花怎么一边闹革命，还一边爱上了洪常青呢？”

菊米大吃一惊，她从来没仔细斟酌过这个问题。她认真地纠正细细的观点说：“不对，吴琼花没有爱上洪常青，她是受苦人翻身闹革命。”

细细也大吃一惊："你没事吧妈妈？难道你是真的认为吴琼花当年只是单纯地热爱革命和斗争？而不是对洪常青产生了朦胧的爱情？"

菊米气愤地说："你瞎扯什么？怎么可能！"

"那你说她对洪常青到底是什么意思？"

"没什么意思。"菊米果断地说，"她对洪常青是一种敬仰，对革命的敬仰——"

"哈哈哈哈！"细细大笑着扑到床上，"妈妈呀妈妈，我小时候心里很郁闷，心想我妈妈怎么那么那么傻。后来我以为你可能是装傻，现在我才知道你是真的傻。"

话是那么说，菊米被女儿细细"呛"了之后，变得不那么自信了，她隐隐感觉到女儿说的也有些道理。于是她重新回到母亲的南盘村，把上一辈的情感故事仔细梳理了一遍。

……

四

话说七十年前的那天早上，小菊红口袋里装满了黄豆和黑豆去鬼子的炮楼，她心里又紧张又兴奋。那正是威震天下的"百团大战"后的一次突围中，抗日将领左权将军不幸中弹身亡。他的遗骨后来竟然被日军挖出来拍照示众，引发全民同仇敌忾。当时的地下党组织决定为左权将军报仇：先对敌占区进行一次彻底的情况摸底；再集中人力火力狠狠打击歼灭敌人，抢回左权的遗骨。

这回交给菊红的任务非同小可，她得摸清周围几个日军岗楼的武器装备情况。菊红啊，菊红！她任重而道远。

远远地就看得见南盘村口的炮楼了，几个日本士兵闲在那里晒太阳。而站岗的士兵仍然一副打了鸡血针的模样，直愣愣地昂首挺胸矗在岗楼前。

小菊红这时连忙从口袋里掏出一把豆子，边走边吃。

鬼子见到菊红，大声吆喝："哨西！哪里去的有？"

菊红把手中的豆子递给鬼子哨兵："米、西、米、西。"

这半生不熟的日本话从一个小小的中国女孩嘴里说出来，使得在场的日本人听了都哈哈大笑。他们纷纷过来向菊红讨要豆子吃。菊红只好把豆子再拿出来一些匀给他们。谁知他们吃了不过瘾，竟然把菊红的口袋翻了个底朝天，全都吃光了。菊红一看傻眼了，她想起了洪峰的指示：见着长长的枪，就放黄豆；见着粗粗的炮，就放黑豆。可是——

菊红掏掏口袋，一粒豆子都没有了！她号啕大哭。完全忘记了自己的身份。

当然，鬼子也不知道菊红的身份，更不知道豆子的重要性。他们看见一个中国的小女孩，为了几颗豆子哇哇地哭，鬼子们开心地狂笑不止。

小菊红用黄豆和黑豆计算敌人火力的办法失败了，这件事使她感到十分丢人，她不敢也没脸回管村，竟然连夜一个人往南盘村方向跑。遗憾的是游击队毕竟不是吃干饭的，她还没跑到山东河北的交界线，就被洪峰派来的人“逮住”了。

这回洪峰没饶了菊红，他大为光火：“这小丫头反了天了！不仅没完成任务，还擅自逃跑。两个错误一起犯，不及时收拾住，将来还不定咋地呢。”

菊红被关了两天禁闭。即使如此，菊红也不在洪峰面前哼半句，这小姑娘也怪，两天没说一句话。还是洪峰的娘赶来解了围，她心疼菊红啊，这闺女在她眼中就和自家的亲闺女一样。私下里她还想：反正菊红和南盘村的张家那小子解除婚约了，倒不如给洪峰做媳妇多好！

就像特别美好的事情往往特别脆弱一样，越是觉得应该的事，就往往越是不能成立；越是希望能成的事，就越是不敢往前迈出那一步，似乎怕一哈气就没了。这种人类普遍存在的既害怕失败，也害怕成功的现象，被心理学家叫做“约拿情结”。取自于圣经《旧约》里讲的一个叫约拿的人，由于畏惧并逃避了执行耶和华交给他的任务，因而受到惩罚。后来他从反复的犹疑中觉醒和悔改，去完成了他的神圣使命。

或许正是由于这个糟糕的、突显了人类情感弱点的“约拿情结”，使菊红和洪峰的心灵越来越靠近的同时，命运轨道的距离却越来越远。

不久，洪峰和菊红去河北的涉县执行任务，菊红在那里见到了抗日英雄左权的墓碑。她知道，是晋察冀军民齐心协力、英勇奋战，把左权将军的遗体从敌人的眼皮底下夺回来的。

菊红摘了一大把野菊花放在左权的墓碑前，流着眼泪磕了个长头，她为自己上次没能完成好侦察敌人火力的任务感到十分遗憾和难过。站在一旁的洪峰趁热打铁说：“菊红同志，组织上交给我们一个十分重要的任务，我想把它交给你来完成。这对你来说也许是一件大好事。”

自从“豆子事件”以后，菊红一直感到有点抬不起头来，所以听说有重要任务，立马兴奋地想着可以“将功赎罪”了。她瞪起眼睛不假思索地说：“行！队长你就放心吧，这回俺保证好好完成任务！”

五

1980年夏天，在上海音乐学院进修的我突然一连接到三封电报，都是催促我速回部队，说是“有重要演出任务”。我很不情愿地磨磨蹭蹭回到单位，结果就是一场极普通的演出。当时觉得有点奇怪，气呼呼地想：这是什么狗屁的“重要任务”。几天后，领导找我谈话说，“一号首长”的儿子至今还没对象，最近从他的部队回家来专门“相亲”来了。

说实话，我在男女之情这事上“醒悟”得很晚，所以要不是之前的我有过“血的教训”，领导再怎么找我谈话也无济于事。

我所谓的“血的教训”其实是一件很“狗血”的事：我去进修之前，一个爱管闲事的老兵来和我说：“菊米我觉得你挺虚伪的。”我大吃一惊：“我怎么虚伪了？”

老兵说：“你明明知道‘单簧管’喜欢你，但是你总是装作不知道，他为此十分痛苦，你倒是高高兴兴得装没事人。”

我更加吃惊了，我真的不知道“单簧管”喜欢我；当然我也没有喜欢“单簧管”同志。他是一个事业心特别强的人，整天一个人缩在角落里吹他的单簧管，所以大家就叫他“单簧管”而不叫他的本名了。

不过经老兵这么一点拨，我心里横七竖八地不舒服。其一，我被人说成虚伪的人；其二，我得罪了“单簧管”。

于是，我自以为是地去找“单簧管”谈心。那时候，部队里喜欢通过谈心活动解决大家之间的矛盾，也就是人民内部矛盾。

其实如果深刻地解析自己，我还是蛮虚伪的。因为实话说，我虽然并不爱这个“单簧管”，但是也不想得罪他。为了表示自己只是想取得“单簧管”的谅解，并且让他心里很明白我们之间只能做朋友，我选择了猪圈作为谈心地点。这地方比较僻静，而且不容易使人产生浪漫或是其他不好的幻想。

没想到，我和“单簧管”的这次谈话，竟然成为他后来和别人谈恋爱的“本钱”。他告诉他后来的女朋友，菊米都想和我好呢，但是我不同意。

这话不知怎么被恶意地传出来了，当时年轻的虚荣的我一听就气坏了。“单簧管”你这个胡说八道的杂种！老子白挑了猪圈和你谈话了，多臭啊！正是爱慕虚荣、情窦初开的女孩子，谁受得了这个？

所以，领导找我谈话，我以报复性的心理答应去见一号的儿子。

唉！真不知道，从此我跳进了自己的埋伏圈。

我不喜欢一号的儿子。见过面后，我对我的领导这样说。他又黑又矮，看上去脾气不大好，粗人一个。

但是他是学习毛主席著作积极分子，是曾经的五好战士，进步很快，现在人家都当营长了。领导这样开导我说。

并没有谁强迫我和营长结婚，但是这时一个严重的事件发生了。

这是一个轰动全国的事件，当时在南疆地区还引起了骚乱。因涉及敏感的少数民族政策问题，我不方便把这件事情原原本本地讲述出来。总之，就因为这个事件，促使我飞快地嫁给了营长。从较深的心理层面讲，大概是说一个其实胆小的人，通过一个貌似勇敢的行动，完成了自己的英雄梦。

我的一个战友当时对我说："你真勇敢啊，为什么要在这种不合适的时候仓促结婚？"

因为恐惧（我在心里说）。

这是什么意思？

比如说，我明明特别害怕狗，但是当一条狗向我嗷嗷狂吠着冲过来的时候，我的本能不会逃跑，而是飞起一脚。天知道，那不是因为我狠，而是因为我太害怕而导致。从这个意义上说，别去惹那些看似胆小的人，也许他们恰恰是能做出你根本意想不到的事情，甚至毁了你的一切，因为胆小者在恐惧中会丧失理性。

没听懂。

其实我自己也没怎么弄懂，几十年后的今天，我终于可以回答自己了。我们，或者说我，我的一些看似勇敢的行为，不是因为勇敢，而恰恰是由于恐惧。这种莫名的恐惧，可能来自于自己的内心，但也可能来自于外部世界的干扰。在一个人的成长过程中，如果能够清醒地认识并且控制它，是一件非常重要的事情。否则，就会在很多关键的问题上不仅不能突破自己，反而被自己内在的"恐惧"

打败。从这个意义上说，一个真正勇敢的人，就不会因为失态而做出貌似勇敢实则莽撞的事情。

换句话说，我觉得真正勇敢的人，实际上就是现在常说的“情商”很高的人，这种人不会以为莽撞就是勇敢，更不会以自毁的形式断自己的后路……

我写小说的时候，女儿细细总是喜欢在我没写完的时候来“监督”。她最可恨的地方就是每次都要急急地催问：“后来怎么样了啊？”她从小就是这样。女儿刚满一岁的时候，就每天晚上要我绘声绘色地给她讲故事，有一天我嫌累，心想也许女儿听不懂人话，我就嗯嗯啊啊地敷衍她，没想到她突然愤怒地尖声大叫。吓得我只好认真说人话，讲故事。

说话间，这小祖宗来了，看着我的电脑说：“你上次讲到姥姥接受了新的任务，怎么又讲起你自己的故事了？”

我很无奈，只好把跳跃的思绪收回，返到那战火纷飞的年代……

六

上个世纪四十年代，新四军政委刘少奇同志接到中共中央电报和毛泽东的指示：即刻赶往延安参加中共第七次党代会。

于是，刘少奇同志于1942年2月，从新四军军部江苏省阜宁县单家港杨集镇出发，迂回延安参加会议。

不料，正当少奇同志等人在太岳山一带西行时，日本间谍发现了有“中共大人物”在行动，一路上鬼子紧追不舍，少奇同志一行人的生命安全受到严重威胁。

敌人不仅在后面追赶，还在前面堵截，到处设卡，严阵以待。

半个世纪前，小菊红等人接受的任务，正是帮助少奇同志一行，顺利通过了河北涉县附近敌人的岗楼。

我查阅这段历史资料得知：当年刘少奇同志一行历时9个月，跨山东、河南、河北、山西、陕西5省，穿过103道封锁线，行3000里路终于在1942年12月30日抵达延安，历史上把这次艰难的历程称为“小长征”。

1942年9月上旬，代号为“零号首长”的刘少奇同志抵达河北涉县，那个月黑风高的夜晚，涉县一位当地负责人向“零号首长”汇报地雷战的情况，说唯一的缺陷就是露在外面的引线是白色的棉线，所以容易被鬼子发现。

“零号首长”当即说：“为什么不向山东学习？我这次去延安，一路上频繁转移，也学习到了各个根据地的很多好经验。比如人家山东老区人民，对子弟兵的关爱，对参加抗战的热情，极大地鼓舞了我们的士气。那个地雷的引线问题，山东解决得很好，他们把大姑娘的头发丝用来做引线，这样，鬼子就不容易发现了。”

关于用头发丝做引线的故事，一下子在晋冀鲁豫边区传开了。人们纷纷效仿，学习了山东的经验，地雷战、地道战越打越精彩。

可以想象，从那以后，菊红那一根黑油油的长辫子就没了。

不过，这次菊红的任务完成得十分出色。她凭借着姥姥的娘舅家在涉县的优势，轻而易举地蒙过了敌伪军，和游击队员们一起，把“零号首长”一行顺利带出了敌控区。

当然，菊红他们当时并不知道护送的是谁，直到中央政治局9月会议后，特别是七大以后，刘少奇进入了中央书记处，并成为中共重要人物。直到这个时候，菊红才得知，上次护送的那位“零号首长”，正是大名鼎鼎的刘少奇同志。

七

遗憾的是，当我的故事讲到这里时，菊红老了。

其实我是想诚实地告诉你：她患上了老年痴呆症。

我发现菊红患上痴呆症的那天是一个奇怪的日子。

一年前的深秋，我随一个作家代表团来到了俄罗斯。

这天在莫斯科红场，听到教堂的钟声响起，突然有一种灵魂出窍的感觉。我闭上眼睛，仿佛看见列宁在十月……

我迫不及待地掏出手机，拨通了母亲菊红的电话："妈妈——"我扯着嗓子喊。

"菊米！"菊红惊喜的声音，"你在哪里呀？"她每次都这样问我。因为常年在外奔波的我，就连自己也经常在清晨睡醒后的瞬间，不知道自己在哪个城市。

"我在莫斯科！"我大声告诉菊红。

之所以如此急着给菊红打电话，是因为她一生太崇拜苏维埃红色政权。我小时候，菊红甚至想给我取个小名叫"娜塔莎"，被我的父亲贺杰反对并讥讽了一把，未遂。

现在，"娜塔莎"居然来到了菊红神往已久的莫斯科红场。我激动，是为菊红而激动。

可是怪事出现了，电话里的菊红一听到她钟爱的小女儿菊米，她的"娜塔沙"来到了莫斯科，菊红仿佛大脑中的程序在一瞬间重新排队列位，她脱口而出说："哦，莫斯科呀！当年我和毛泽东一起到莫斯科——"

"等等等等！"菊米打断了菊红的话，她吃惊地说，"妈您没事吧？什么时候您来过莫斯科？解放前您不是一直在乡下打游击吗？再说了，您怎么把毛泽东也扯上了，什么时候也没听您说起见过他呀！"

但是菊红生气了："谁说的？我那时候搞情报工作，见没见过谁你怎么知道？"

“那也不能瞎掰啊！我是说——”

“什么？你说我瞎掰？”菊红几乎就是大发雷霆，“你懂什么？毛泽东当年没有辣椒就吃不下饭，还是我到处帮他找最辣的辣椒。还有江青，江青这个蠢家伙——”

直到这时，菊米才反应过来：菊红说的，可能都是疯话。与此同时，菊米想起这打的是国际长途，她脑海中浮现出人民币一张一张打了水漂。她连忙对菊红说：“好了好了！我不和你讲了，你说的都是对的。”

正要收线，菊红又急急地交代：“菊米啊，你见到列宁同志一定代我向他问个好！”

“列——”，菊米正要说列宁不是早就去世了吗？但是她这下彻底明白了：菊红患上了老年痴呆症。

挂了电话，菊米茫然站在红场，她的脑子一片空白，就像是大雾不断地弥漫开来。渐渐地形成一幅很大的屏幕，那上面正在上映着一场黑白电影（熙熙攘攘的人流不知在吵什么，有人在大喊“让列宁同志先走！让列宁同志先走！”）……菊米心中一惊：不好！有特务要暗杀列宁。但说时迟那时快——

“啪啪！”两声刺耳的枪响，菊米一哆嗦。一只温暖的胳膊搂住了她：“句（菊）密（米），你怎么了？不舒服吗？”

菊米回过神来，噢！同伴们都走光了，红场上的游客和行人也不多。“打枪”的是一个手里拿着玩具枪的小孩，说话的是俄罗斯方面派来的随行工作人员瓦西里。他只会说几句简单的汉语。

菊米歉意地冲瓦西里笑笑说："打了个电话，耽误大家了吧。"

瓦西里说："没关系，你，和你的妈妈打电话？"

菊米奇怪地说："你怎么知道？"

瓦西里幽默地回答说："全世界的人民只有一个词是统一的：'妈——妈'。"

妈——妈——！

此时此刻此景，令菊米不由得热泪盈眶。妈妈，我的妈妈她大脑从此就废了吗？老年人的痴呆究竟是怎样的情形？特别是菊红这样的老人，她的痴呆究竟会怎样的与众不同？会有些什么样的特殊症状？

就目前的情况看来，菊红的与众不同在于她"彻底的革命性"，无论何时何地，遇到什么事情，只要一说起"革命"，菊红就斗志昂扬，眼睛发亮，可以滔滔不绝讲几个小时，什么病都没有了。

是啊！菊红的一生，除了革命和斗争，还剩下什么呢？让我们快快回到半个世纪前的晋冀鲁豫边区，看看年轻时候的菊红发生了怎样的故事。

八

管村的游击队在地下党组织领导下，一切工作进行得井井有条。这天，他们得到情报：鬼子今天晚上要突袭管村。乡亲们早就转移了，而游击队则在黄昏时分开始急行军，向太行山方向转移。

糟心的是，队伍行军不久遇上一场这个季节罕见的大雨，为了躲避大路上鬼子的队伍，游击队只能在泥浆小路艰难地蹒跚而行。渐渐地，小菊红就掉队了。

管村的游击队长洪峰平时看上去沉默寡言，其实是一个非常容易着急的火爆性子，他一路上都在不停地催促大家小步快跑。小步，动静就小，不容易被敌人发现，另外在泥浆路上也不容易摔跤。

洪峰督促了几次后，发现小菊红每次都是落在最后，就有点不高兴了："菊红同志，你怎么回事？快跟上队伍！"

洪峰平时轻易不会叫菊红为"同志"，而一旦正式称呼她为同志，肯定是生气了。所以菊红吓得又开始"指尖发凉，咽喉深处有窒息感"，不仅如此，她甚至感到自己浑身都在瑟瑟发抖，筛糠似的。

这真是太奇怪了！勇敢的小菊红，就是面对凶残的日本侵略者都没有害怕过，怎么就那么害怕这大哥哥般的洪峰呢？

菊红几乎是连滚带爬地跟上了队伍，但就在此时，她发现一个严重的问题——鞋子丢了。可能是刚才赶路时过于慌张紧张，被深陷的泥浆路粘掉了鞋子居然都没感觉。这下糟糕了，前面还有将近六十公里路呢！不不，那不能叫做路，简直就是披荆斩棘！没有鞋子怎么行？

但是，恐惧感占了上风。菊红连滚带爬紧追队伍，主要是怕挨洪峰的骂。没想到疾行的队伍突然停了下来，前面传来口令“原地休息”！

菊红一屁股瘫倒在地，看见洪峰从前面走过来了，她下意识将脚丫子盘起来，双手搭在上面。可是奇了怪了，这洪峰平素也不是个婆婆妈妈的人，今天他这是怎么了，走到菊红跟前蹲下就去掰她的手。菊红紧张地死死捂着脚，她吓坏了，这下又该被洪峰臭骂一顿了，可她哪能掰过洪峰啊。

洪峰阴沉着脸，把菊红那双泥巴脚丫捧在手上，看到这脚底都被石子和荆棘划得鲜血淋淋，他一反常态没有发火，他的眼圈红了，手颤抖着，咬牙切齿地说：“你这个要命的小家伙！不想活了吗？没鞋了怎么不吭个气啊？说句话口水会呛死你啊？”

更奇怪了！虽说洪峰仍然是在骂人，但听上去就是和平时不一样。总之，菊红不那么害怕了。

队伍继续急行军，洪峰二话不说，一把将菊红背在背上。菊红十分害臊，她不敢把胸贴在洪峰背上，因为她快15岁了，她已经来“身上”了，胸部也开始发育啦！

觉得自己已经是大姑娘的菊红，硬挺着背，以免胸部接触到洪峰的背。洪峰被她弄得很累，没好气地压低嗓门吼道：“你再乱扭！我就把你扔给黄鼠狼做媳妇去！”

菊红只好乖乖地趴在洪峰背上。

天哪！他的背真宽真厚真夯实（就是现代人说的特有安全感）。菊红心里想的是：要是永远永远这样走下去就好了，因为那样我就可以一直一直趴在他背上了。啊！我太没羞啦，干革命工作，怎么会有这些乱七八糟的想法？

九

故事讲到这里，一般人都会以为，菊红和洪峰之间定会有一个精彩的爱情故事。是啊，即使他俩结婚，那也是太正常不过的事，青梅竹马呀！又是出生入死的患难战友。多好啊多好啊！但恰恰相反，相当奇怪的是，他俩一直没有如人们想象中的那样，默默相爱，执子之手，白头到老。没有没有！虽然如果他俩结婚肯定生下来的就不是我，但是我还是为此感到万分遗憾！

为了搞清楚这段历史，我又去了一趟邯郸。这次，我是去找当年我父亲贺杰的老战友郝光。解放前夕，邯郸地下党在这一带活动，以商贸公司为掩护，为解放邯郸做了大量的工作。郝光就是这个“商贸公司”的总经理，实际上他是地下党的支部书记兼站长，刚从延安来邯郸的我父亲贺杰，则是情报站的副站长，对外则称副总经理。

其实我家和郝光家早就没什么联系了，特别是“文革”以后，都或多或少受了些冲击，彼此间来往就渐渐淡了。生活，会把人心磨砺得粗糙。

我手里捏着一张纸条，那上面记了郝光家的电话。可那是哪辈子的电话呀？根本就打不通。我着急了，又把电话打到海军驻邯郸某基地的战友那里，求他帮忙寻找郝光。

战友说：“这样老资格的同志，功臣啊！好找。”说罢，一个电话打到当地民政局。还真巧了，正好一位负责人是他部队转业的战友，就说：“这么老的同志，要问老人才知道。”后来果然查到了，原来，郝光的真名叫田大力，郝光是当年他做地下工作的掩护用名。解放后所有的人都叫他田局长、田书记。

民政局派了一位年轻人小张陪我去郝光家。一路上小张向我介绍郝光家的近况，我嘴里“嗯嗯”地应着，心里一堆心事没听全，就记得好像是说郝光家正面临着拆迁，但是他不肯搬走。我随口搭了一句说：“是钉子户啦？”

小张尴尬地笑笑，含糊地应诺着。

到了郝光家楼下，我吃惊地发现情况比我想象的严重得多：整个这一片楼都已经拆得差不多了，只剩下郝光住的这一小幢。紧挨着他家的几幢小楼倒是还没来得及拆，但是住在里面的人都搬走了。由于不住人的房间总是透着没有人气和阴凄凄的感觉，我禁不住打了个冷噤。我看着小张，他忙解释说："早就给老局长安排好别的地方，但他不肯搬走。"

我说："那一定是他还有什么具体问题没有解决吧？"

小张唯唯诺诺地说："那是那是。"

随着电铃响，门开了。里面威严地并排站着老头老太两个人，正是郝光和他的妻子。

小张和郝光家看来比较熟悉，站在门外就大声说："老领导，您的老战友的孩子来看您来啦！"

满头银发的郝光，身材高大，八十多岁的人，腰板还没怎么弯。许是常年搞地下工作，他眼神非常犀利，严肃地问我："谁？你是谁家的孩子？"

"菊红。"

"菊红？"郝光露出惊异的表情，他边使劲回忆着，边摇头道，"我不记得这个人。"

我连忙补充说："贺杰！我是贺杰的女儿。"

他睁大了眼睛，嘴张成O型，愣了几秒钟，而后颤巍巍地向我伸出双手。

这，就是我从小听母亲菊红唠叨了无数遍的郝光叔叔，他率领着我的父亲贺杰等人，无数次深入敌后，搜集了大量情报，为解放全中国做出了重要贡献，是我心目中的大英雄啊！

可没想到，郝光紧紧握着我的手，非常难过地脱口而出说："姑娘啊，变天啦！"

我差点就要哭了。但不知为什么我突然又想笑。或许，是对一种巨大的荒谬感到可笑。

我从郝光那里听到了很多有关于我父母的故事。原来他不知道菊红，是因为他只知道菊花，恰如菊红不知道田局长，只知道郝光。

为什么呀？我问郝光说："我妈妈不是早就改名为'菊红'了吗？"

郝光说："你父亲总是喜欢叫你妈菊花，我从来没听见他叫过菊红。"

想起来了，菊红告诉过我，父亲只有在十分生气的时候，才会说"菊红同志"！

随着郝光的讲述，我走进了六十多年前的那个秋天。

十

1945年9月2日9时，美国麦克阿瑟上将在停泊于东京湾的美国“密苏里”号战列舰上发表简短有力的宣言：“以今天这个严肃的仪式为转机，从过去的流血蛮行中，奠定更美好的世界——建筑在信赖和谅解之上的、能为人类的尊严和人类最理想的愿望，即自由宽容和正义的实现做出贡献的世界。”

与此同时，日本宣布投降书：“日本帝国大本营与所有之日本国军队以及日本国支配下任何地带之一切军队，对同盟国无条件投降。”

9时4分，日本外相重光葵代表天皇和政府、参谋长梅津美治郎代表帝国大本营在投降书上签字。

9时8分，麦克阿瑟以同盟国最高司令官的身份签字。然后是接受日本投降的九个同盟国代表分别代表本国依次签字，他们是：美国代表尼米兹海军上将、中国代表徐永昌上将、英国代表福莱塞海军上将、苏联代表捷列维亚科中将以及澳大利亚、加拿大、法国、荷兰、新西兰等九个国家代表。整个过程中，只有签字笔在纸上摩擦的细微的沙沙声，更显得四周死一般寂静。签字结束后，如同突然爆发了一个特大喜讯，天空中传来轰隆隆的飞机轰鸣声，只见上千架美军飞机越过密苏里号军舰上空，庆祝这个具有伟大历史意义的时刻……

正如历史告诉我们的那样：再伟大的事件也离不开每个小人物的命运，它必然投射到当下每个人的细密琐碎的生活当中。1945年9月3日，也就是日本宣布投降第二天，管村临时村民、非编制内游击队员菊红离奇地失踪了。这一失踪，就是大半年。

关于菊红失踪的事，当时在管村有多种传说：由于菊红当年在涉县和同志们一起，将“零号首长”刘少奇同志掩护过了敌人的哨卡，被党中央有关部门赞赏，所以把她调到西北坡去工作了；另一说法是：上级部门看中了菊红的机智勇敢，送她到某个情报机构受训去了；还有一个更加不靠谱的说法：菊红已经和洪峰谈上了“对象”，她怀上了洪峰的孩子，躲到洪峰的一个远亲家生孩子去了……

总之，菊红在1945年的失踪是一桩十分蹊跷的事。在各种各样的传言中，洪峰显得十分沉着，不回应任何传闻，不做任何解释。

1946年5月，菊红突然在南盘村出现。由于村里都知道菊红去了管村，所以菊红的出现并没有产生多大波澜，回到老家的菊红顺理成章地成为南盘村的游击队员。这个时候，贺杰从延安抗大来到晋冀鲁豫边区工作，从此出现在菊红的生活中。

不久的一天，菊红被“请”到了区委。一位领导对她说：“菊花同志，这些年你工作很辛苦也很有成绩，我们知道你对于党的指示都是认真照办的。对吗？”

菊红纠正说：“我改名叫菊红了。”

“哦哦，你档案上登记的还是菊花嘛。菊花同志，现在组织上要交给你一个新任务。”

菊红一挺胸：“我保证完成！”

“呵呵，这次任务可不比往常。我们是想——请你同我们情报站新来的副站长贺杰同志结婚。”

菊红瞪着眼睛说：“我不结婚，我想去上学。”

“结婚就是上学，上学就是结婚。”

说这话的人，正是中共驻邯郸情报站长郝光。他们对外打出的牌子是“邯郸商贸公司”。

傻乎乎的菊红竟然天真到真的以为结婚就是上学，点头答应了。

可想而知，结婚的那天，菊红是多么气愤。她近乎惨烈地吼叫着、抗议着：“这不是上学啊！这是出嫁啊！你们骗我啊！放我走我要出去！”兴高采烈来吃喜糖的同志们被她惊呆了，不知发生了什么事情。

还是郝光沉着老练，他压低嗓门但却无比有震慑力地说：“菊花（他总是叫她菊花）同志，你是不是一名共产党员？”

原来，就在菊红临要结婚的前一周，组织上批准她为光荣的共产党员。这是她梦寐以求的、多年以来的理想。所以，郝光这一声提醒，菊红立马安静下来。她是党培养和养育的，加入党组织，就意味着为党的事业奉献自己的一切甚至生命。

就这样，菊红和贺杰成为革命的夫妻。

这个消息传到管村，洪峰把自己关在房子里好几天没出门。之后，他也消失了。他参加了八路军，从此去向不明。直到解放后，1950年的一天，有一支番号为四十军的队伍，乘坐着由南国开往中原的列车，途中突然接到命令：立即赶至辽宁丹东，并调归东北军区建制。10月8日，这支部队作为首批入朝参战部队，番号改为中国人民志愿军第四十军。管村的人们纷纷传说：洪峰就在这支英勇的队伍当中。

郝光叔叔讲述的故事把我听呆了，我急切地问："那后来这个洪峰怎么样了？他干什么去了？"

郝光喝了口茶，慢悠悠地说："在我们军队历史上，四十军是山东地方基干兵团为基础组建的部队，历史不老但战斗力很顽强。他们在朝鲜战场上打得非常勇猛，捷报频传。可以说是以打响了抗美援朝第一枪而载入史册。可是这个洪峰同志自那以后就再也没有消息，管村的人都说他牺牲在战场上了。"

我难受地看着郝光，他看着我说："不过，这后面还有很多意想不到的事情，你妈妈知道的。"

我回到北京，立即给母亲菊红打电话，向她询问洪峰的情况。

我以为这个事情，菊红很可能不愿意或者会述说得很艰难，没想到她只是稍微沉默了一下，就给我讲述了一个惊天地、泣鬼神的爱情故事。其实我真不愿意把这说成是“爱情故事”，因为它似乎和通俗意义上的爱情没什么关系，但是如果这不是崇高的、纯洁的、惊天动地的爱情，那又是什么呢？

十一

菊红和贺杰的新婚生活可以说是别别扭扭的，不那么顺当，这一点都不奇怪。菊红打小是“游击队作风”，也没爹没妈管，自由惯了而且个性很强。而贺杰则出生在陕西一个大地主家，在西安读了中学又去了延安，接受了不少新文化新思想，在男女关系这个问题上，多少还是有些罗曼蒂克的。按现在的话说，他俩有点门不当户不对。各自身上有着各自阶级的深深烙印。这种东西平时看不出来，但每到关键时刻就会暴露出矛盾，有时甚至是很尖锐的矛盾。

这天，菊红看着贺杰，直愣愣地问：“哎，你当时在西安念书念得好好的，怎么突然想起去延安呢？”

菊红很久以后都不知道怎么称呼贺杰，说话的时候总是说“哎”，就代替了称呼，这使贺杰很不满，忍不住说：

“我说啊，你为什么总把我叫成‘哎’？我没名字吗？”

菊红一愣，她不是故意的，她也不知道为什么就这样叫贺杰了，但是她还是解释说：“你叫我的时候，不也是说‘我说啊’，你也从来没叫过我的名字啊。”

贺杰没话可说了。的确，他每次叫菊红，总是这样开口“我说啊”。特别是他浓重的陕西腔，听上去就像是“额舍啊”，挺逗的。

贺杰总觉得菊红不像自己的婆姨，她像个带不亲，养不熟的孩子。她文化不够，也不温柔。这倒也罢，那会干点家务活也行啊，老家人的那些婆姨多贤惠啊！面条擀得多香啊！陕西人吃起面条来不要命似的。没面条吃怎么行啊？菊红就不会，她只会蒸一堆傻乎乎的馒头。再说她一个女人家，混在男人堆里打打杀杀的，居然对武器十分感兴趣，像个啥？而且，关于为什么要去延安这个问题是贺杰的忌讳，菊红她不识趣，非要提这件事，贺杰心中非常郁闷。

其实这对革命夫妻，所谓的“节骨眼”上的事情，无非也不过是生活中一些小事，但问题往往就是体现在小事上的。还是拿面条来说吧，贺杰吃不上面条的时候，他会很生气，但又不直说，他甚至会寻一些事情，来发一些莫名其妙的火。两人必然是要吵架，吵到最后，菊红会发现他居然是因为没吃上面条生气，菊红感到十分可笑。她想：到底是剥削阶级家庭出来的孩子，对生活这些细小的事情一点都不能迁就，吃不了一点苦，那你出来革什么命啊？每当这样想时，菊红就有一种优越感。而这种优越感一旦被贺杰感受到，他就会特别恼火。他很后悔不该在结婚的那天向菊红坦白了这个秘密，一直成为菊红在精神上优越于他的杀手锏。

贺杰在革命队伍中玩命地工作，特别是刚从延安分到山东枣庄搞情报工作那段，他好几次累昏倒在地上。同志们对他这种玩命的状态不大理解，但他自己心里明白：他要以此来消除自己家庭的“不清白”。菊红认为他“娇气”，这有点冤枉他，不就是爱吃个面条吗？这过分吗？

贺杰的心里还埋藏着一个不为人知的秘密：他在西安读中学时，家人为他准备好了一个童养媳，他誓死不从，就为了这个，他跑到延安参加了革命，再也不打算回家。但是在入党的时候，他向组织表白的是，他很年轻的时候就神往延安，相信只有共产党才能救得了中国，所以瞒着家人偷偷去了延安。贺杰最严重的问题是隐瞒了他的家庭出身。他老家拥有好几百亩土地，住的深宅大院，还雇着长工和用人。贺杰还有一个奶妈，因为他母亲生了八个孩子，到他这个老八时，没奶吃了，他是吃奶妈的奶长大的。这些，都是解放后菊红仅有的一次回贺杰老家时，听婆婆跟她唠叨的。菊红当时听了这事，吓得脸都灰了。贺杰啊贺杰！你、你、你……

贺杰的母亲是方圆几百里赫赫有名的“母老虎”，听说是只要她咳嗽一声，周围的人都会噤得不敢吐大气。瞧啊，就这样的“恶霸地主”，贺杰填表的时候都写成“上中农”。可见埋伏在我们党内，还有多少不清不白的人。

在延安抗大，贺杰认识了一位杰出的女性——晓月。

十二

当我写到晓月的时候，大姐菊乖打电话告诉我，长沙的一家小报整个版面报道了晓月阿姨的传奇故事。我非常奇怪，为什么突然说起了晓月。现在一般的人也许早就淡忘了这个人，有的人甚至根本没有听说过，她是“马背上的女红军”，是德国出生的奥地利人L曾经的妻子。L是共产国际向中央苏区派来的军事顾问。

“谁派他来的？”我的父亲贺杰经常气呼呼地说，“没有哪个组织派L来，更不可能是派他来‘帮助’中国革命，他就是苏联红军总参谋部派他来送个信，一个邮差而已，但被礼仪之邦的中国人热情留下来了，一个毫不懂军事的人成为我们红军的军事顾问，这是个天大的误会。”

贺杰的话很令我吃惊，当然这是母亲菊红后来说给我听的。我拿不准父亲是因为吃醋而酸溜溜胡说，还是有真实情况的记载。但当时的确是由于L的错误指挥，使得第五次反围剿遭到失败，并使红军长征初期付出惨重代价。对此，毛泽东也曾尖锐地评价说：“L不了解中国的国情，也不了解中国工农红军的情况，不做调查研究，听不得不同意见，生搬硬套在苏联有效在中国行不通的战略战术……使我们吃尽了苦头，付出了惨重的血的代价。”

据说当年这位L先生在红军队伍中有些行为不端，引起很多同志的不满。照现在的观念看来，也不过是文化观念上的差异导致的笑话。比方说，他会突然激情磅礴地冲到一个女同志面前，坦率地对她说：“你很好看，我喜欢你。”弄得这位女同志很不好意思，周围的同志们哈哈大笑。时间久了，L也就知道自己的行为“不合国情”，多少有些收敛。

有一次，在延安举办的舞会上，L故态萌发。他和一位年轻的女红军跳舞，之后就不放她走。他紧紧拉着她的手，情意绵绵地、忘乎所以地说：“你太好了，我很喜欢，我需要你！今天晚上你到我的宿舍里来吧。”

这时，一位359旅的副团长冲过来，一把推开L，怒吼道：“这是我老婆！请把你的臭爪子拿开，给我滚一边去！”

L茫然不解地耸耸肩膀：“Why?”

当时博古同志目睹了这一切，他很着急，生怕L会惹出什么事来。但同时他也对此表示了理解，于是委托中央局妇委主任李坚真大姐说：“您帮助L找个老婆吧。”李大姐欣赏晓月，认为她温柔善良，就和她认真谈了一次。晓月觉得，既然党认为这是一件重要的大事，并且把如此重要的任务交给自己，那就努力去完成好任务吧。

可怜这晓月，不知道世界上有一种“任务”，是绝对不以人们的意志为转移的，甚至可能是永远完成不好的。

不久，晓月和L结婚了。

后面的事，我真不愿意说下去。

我小时候被菊红送到湖南省委幼儿园，每次接送我的时候，都要路过湖南省军区。如果是大姐菊乖来接我，就总是指着军区对面一栋小二楼红砖房对我说：“晓月阿姨就住在那栋楼里。”

在菊乖的心目中，晓月阿姨是个非常了不起的女英雄，同时也是她的恩人。因为“文革”期间她被姐夫苗其送到东北“避难”，临走前她连母亲菊红都没告诉，却偷偷跑到晓月阿姨家去了，晓月阿姨告诉她：一切都是次要的，保存实力、爱护自己是最重要的，并且硬是塞给菊乖四十元钱。

在那个年代，对于一个未成年的女孩来说，四十元钱可不是个小数目，菊乖流泪了。晓月阿姨搂着菊乖说：“我和你父亲是在延安上抗大时的同学，关系很好。你父亲是个伟大的人，他为党做了大量的工作，而且干起工作就不要命，直到把自己累死。遗憾的是他所有的工作都是极度保密的，所以没什么人知道他的真正功劳，很多解放前搞地下工作的同志，解放后也不暴露自己的情况，就都成为无名英雄，真是委屈他们得很。”

这也许是晓月阿姨和菊乖谈得最多的一次了。万万没想到，这也是菊乖最后一次见到晓月阿姨。

十三

贺杰在延安见到晓月，感到眼前一亮：一位朝气蓬勃的英姿飒爽的女兵形象从此深深嵌入他的心中。后来听大家议论说她是洋顾问L的老婆，贺杰的心里竟然有那么一点说不出的别扭。

说来也怪，抗大那么多同学，晓月只愿意把心里的话说给贺杰听。久了，贺杰知道晓月的心中竟有许多难言的痛楚。他万万没想到，晓月来抗大学习的主要目的，竟然为了躲避她那洋丈夫不讲理的拳头。一个本不算温柔的男人，不知怎的，在那种特定的年代特定的时刻，给了这位特殊的女同学很大的安慰。

时间一晃就过去了，学业结束。贺杰和晓月也各奔东西。说实话，他们之间只是革命的、同学之间的纯洁的情谊。如果不是，又能怎样呢？

毕业后来到晋察冀地区做情报工作的贺杰，由组织上做主娶了菊红。在好多好多年当中，不知为什么，他的眼前总是浮现出晓月的形象。以至于连他自己都对自己很不满："他妈的！这是怎么了？"

十四

1946年6月的一天，新婚不久的菊红去晋冀鲁豫解放区首府邯郸，给驻扎在那里的野战部队临时指挥所送急件。

一路上菊红心情松快，路旁的麦子地已散发出灌浆后的清香，远处晨烟一派霭霭的乳白，柳树一派迷蒙的淡绿。在刘邓大军所向披靡的指挥下，华北战场捷报频传，形势越来越好啦！

到了邯郸，菊红浑身都被汗水湿透了。她顾不得喝口水，急急地敲开了指挥中心的门。

收件的是一个正在练习写毛笔字的年轻战士，菊红完成了任务，但是没有走开，因为那战士摆在桌上的书法吸引了她。她忍不住赞叹说："你的字写得真好！"

小战士谦虚地说："俺写得不好。"

"好就是好呗，比我写得好多了。"菊红想上学的梦想没实现，所以一直羡慕那些学习好的人。

小战士说："俺不是谦虚，你没有看见俺们首长写的字，那才叫好呢。”

“你们首长？”

“对呀！俺们首长就是刘伯承司令员。”

孤陋寡闻的菊红没听说过，还大大咧咧地问：“刘伯承是谁呀？”

这时，里屋的门帘一掀，走出来一个大个子军人，他哈哈大笑道：“谁那么官僚啊？连我刘伯承都不知道。”

小战士立即敬礼说：“报告司令员！这是南盘村游击队派来的通信员。”

菊红一听这大个子是司令员，吓了一跳，她这个“土八路”还没见过这么大的官呢。但是天不怕地不怕的天性使然，菊红也照着小战士的样子敬礼说：“报告司令员，俺是南盘村游击队的通信员菊红。”

刘伯承弯下腰来，冲菊红笑道：“噢，你这么小就参加革命啦？”

菊红解释说：“俺都参加革命五年啦！”她向司令员伸出五个指头。

刘伯承哈哈大笑道：“了不起，比我的资历还老嘛。”笑着，突然一转话题：“这样吧，头回见面，我要送你一件礼物，你想要什么东西？”

菊红连想都没想，就嘟嘴说：“他们每个人都有枪，就是不给俺发一支。说俺小，还是女的。哼！都快解放了，还重男轻女。”

刘伯承果断地说：“好，我就送你一支手枪。”说罢，进到里屋，取出一支非常精致的小手枪。

枪！闪着梦幻般幽蓝光芒的手枪，菊红朝思暮想的宝贝，突然就得到了。菊红惊喜得说不出话来，她接过这支精致漂亮的勃朗宁小手枪，向刘司令员深深地弯腰鞠躬。

回去的路上，菊红把枪藏在衬衣口袋，扎进裤腰里。她几乎是一溜小跑回去的，太高兴啦太高兴啦！

谁能想到，正是这把手枪，从此把贺杰和菊红一家平静的生活搅起了惊天巨浪。

十五

自从1949年南下到了湖南，贺杰和菊红万万没想到，他们的生活会如此跌宕起伏。特别是在召阳工作时，那个关于“菊花被面”的冤假错案，给他们夫妇俩的生活蒙上了沉重的阴影。一直到后来调动工作来到长沙，贺杰到省交通建设办公室报到，一进门他就愣在那里——这，这不是晓月同志吗？

贺杰和晓月都惊喜交加，贺杰甚至有一种想狠狠拥抱一下晓月的冲动。但也只是个念头而已，在脑子里飞速转一圈就消失了。

不合国情。他是这样想的：只有L那个洋家伙才会这样做。

在长沙这样的地方突然遇见了抗大的老同学，这本身就很传奇了，何况还是遇到了晓月。

啊！贺杰内心所有的美好回忆都被与晓月的邂逅唤醒了。延安的山啊，延河的水，延安的一切都很美！

“你和菊红同志的情况我都听说了，她很冤枉，同志们都十分清楚。”

没想到，晓月一见贺杰的面，就直截了当地把这件事情说了出来。

贺杰难受地说：“是的。我那时见她刚来湖南，还没开展工作，就想着带一些特产回北方老家，特别是她买的那床绣了菊花的被面，十分奢侈。我心里着急，又没法说服她，就想让她单位的同志和我一起帮助她，没想到反而成了人家诬陷她的把柄。”

“当时你也是太天真了，革命其实是一件很复杂的事情。对菊红同志的处理，实在是过于严重了，一床被面嘛，至于吗？又是降职降级，又是开除党籍，这太过分了！何况还没弄清楚事实。大家都明白，但也无奈。你们要相信组织上将来一定会澄清这件事情。”

贺杰痛苦了很久的事，终于遇到了可信的知音。他掏出了心窝里的话说：“晓月同志，你是知道我的。我这个人对党没有一丝杂念，对自己的同志没有半点恶意。想不通他们有的人为什么在帮助同志的时候，竟会用整人的方式进行。不需要这样啊！也不应该这样啊！再说，我当时和事后都作了详尽的解释，他们就是不听，硬是人为地制造了这个冤假错案。太想不通了！我更想不通的是，为什么居然组织上会相信他们？菊红是我老婆，这个冤案我们受了就受了。可怕的是如果所有的事情都这样处理，都按照这样的思维行事，没有人站出来说句真话，那将来得有多少无辜的人头落地啊！难道我们的革命就是这样进行下去？”

晓月安慰贺杰说：“你可不能这样悲观。我们都是有信仰的人，应该相信社会一定会向着光明和进步发展。当然我们也要警惕那些混进革命队伍的坏家伙，他们的危险性在于他们的谎言。你还记得在延安时，我们讨论过的一个话题吗？”

贺杰马上明白了：“是不是德国纳粹分子戈培尔的那句所谓‘名言’？”

那时，他们在抗大讨论过这个问题的正确与否。有个别人很欣赏这句话，认为很深刻。但大多数人觉得，一个纳粹的语录，凭什么去欣赏？这是坏人的心得！

“你看，戈培尔说‘如果撒谎，就撒弥天大谎。因为弥天大谎往往具有某种可信的力量’。他还说：‘即使一个简单的谎言，一旦你开始说了，就要说到底。’过去我们不理解这个，但现在就知道了，那是因为善良的人们由于自己不好意思撒很大的谎，所以认为别人也不可能厚颜无耻地歪曲事实。你看，那些最坏的坏人是很懂得这点并利用这点来撒谎干坏事的。”

说到这里，两个人不禁同时打了个寒战。

这就是说，当年的争论并没有意义。看来，研究一下坏人的思想体系也是有必要的，你才会知道人性的复杂。这也是“知己知彼，才能百战不殆”嘛。

这些年不见，晓月的思想理论水平大大提高了，完全不是在延安见到的那个受气的小媳妇了。革命真是锻炼人啊！贺杰感慨着。

很快，贺杰也知道了晓月现在的生活状况：她从抗大毕业后，和L离婚了。也是随着四野南下到湖南，现在交通办工作，和长沙一位公安部门的老同志又组成了新的家庭，生活得很幸福。

“听说你和L还生了个儿子？”贺杰问道。

晓月捋了捋垂到耳边的头发，轻轻地说：“是的。但是随我的多，长得很像中国人。”

贺杰笑着说：“我都听说了。为此，毛主席还说呢：这可无法证实日耳曼民族优越的理论了，我们中国的人种比他们强呢。”

晓月听了，静悄悄地微笑。

在外界看来，晓月真是说不上是个漂亮的女人，但不知为什么，在贺杰的心里，她的一切都是那么美丽。甚至她曾经的忍辱负重，都是那么打动人心，更不要提她独具一格的安安静静的笑容，简直就是要把人融化。

贺杰直勾勾地看着晓月，使得晓月有点不好意思，她婉转地说："你是不是还有什么事情要说？"

贺杰忙掩饰自己的失态说："哦，是的。我是想问你，在延安时怎么从来没听你说起过儿子。"

晓月叹气道："那时，我就吃L一片饼干都要被他揍一顿，觉得没法活下去了。我到抗大之前，把儿子托付给老乡家，都安排好了。我想，如果学习结束，只要有可能我就要离开他……"

贺杰吃惊地看着晓月：脑海中浮现出在延安抗大时她的身影，她玩命刻苦学习的姿态和她永远微笑着的模样。想不到那时她的心里埋藏着如此沉重的想法。贺杰心里很难过，犹豫着问："难道那时你和L之间就一点感情都没有吗？"

"还是有的。比方说1935年，张国焘企图武力阻止中央红军北上，迫使毛泽东和中央军委纵队紧急转移。L也随队转移。而红军大学教育长李特他们都是追随张国焘的，当时他们派来的骑兵高喊'红四方面军的同志回去！不要跟毛泽东、周恩来他们走'！L当时很勇敢，一把将李特从马上拽下来，不许他们胡说，要李特去见毛泽东。L和李特做斗争这事，使得当时红军指战员对L的看法有了明显转变，那时我也觉得很高兴，觉得他还是蛮可爱的。"

遗憾的是，这样和谐的日子持续时间并不久。特别是当晓月上抗大那段日子里，他俩的矛盾日益激化起来。

当然，在抗大的学习也使晓月渐渐坚强，她学会了反抗。有几个周末，L来抗大找她，她坚决不肯和他一起回去。L大发脾气，使劲拉着她往外拖。晓月大声喊叫和呼救，惊动很多学员纷纷跑来。

晓月终于甩开L的手，愤然说："这里是延安！不是你当太上皇的瑞金。"

晓月所指的，是当年在瑞金时，从苏联伏龙芝军事学院毕业的L由于被重用而头脑发热。他在瑞金工作期间非常威风，朝令夕改，来回折腾。造成我军无可挽回的损失。可L却不认为是自己的过错，反而经常发脾气骂人，一时被人们背后说成"红都太上皇"。

这件事情，是L的"软肋"，他最害怕被人提及。因为后来的遵义会议上，对L的军事教条主义进行了严厉批评，并被取消了指挥权。而现在，在他看来平素最听话的、软弱可欺的老婆晓月竟敢用这事来羞辱他，这太、太——太可气了！

"难道就为这事，导致了你们后来离婚？"

"不，他后来和一个姓李的女演员好上了。我发现这事后，到毛主席那里告了L一状，并且坚决要求和他离婚，结果就这样了。"

晓月轻松地这样结尾了，但在贺杰看来，一点都不轻松，他能想象那个过程是多么痛苦、多么难挨。他告别了晓月，一路心情沉重地回到家。

十六

目送贺杰出了门，晓月在心里长叹一口气。不知不觉地，她的思绪回到了延安，回到了战火硝烟的岁月……

1937年“七七”事变后，抗日战争全面爆发。当时作为中共中央驻地的延安，也是八路军的大本营。

和共产国际派来的奥地利人L结婚不久的晓月，此时也和千千万万个热血青年一样，来到了向往已久的延安，开始了她在抗大学习的难忘历程。

清晨的微风，傍晚的月亮，还有那象征着难以言喻的，与青春、理想、革命紧密相连的宝塔山。处处响彻着激昂的歌声：

“黄河之滨集合着一群
中华民族优秀的子孙，
人类解放
救国的责任全靠我们自己来承担
同学们，努力学习，

团结、紧张、活泼、严肃，
我们的作风，
同学们，积极工作，
艰苦奋斗，英勇牺牲，
我们的传统
像黄河之水汹涌澎湃，
把日寇驱逐于国土之东，
向着新社会前进，前进！
我们是劳动者的先锋！”

1938年的春节，延安抗大的同学们欢聚一堂。晓月和几个要好的女同学去延河边的清凉山下拍照片，作为这段美好时光的纪念。一路上大家情绪高涨，叽叽喳喳地说笑着。突然，晓月看见一个熟悉的身影从设在清凉山的中央印刷厂出来。

“贺杰！贺杰同志！”晓月兴奋地热情地向贺杰打招呼。

还单身着的贺杰一下子看见这么多女同志，不由得拘谨起来，脸都红了。但他还是回应着说：“你们好！”

女同志们被贺杰这文绉绉的样子逗笑了，贺杰窘迫得手脚都没地方摆，大家笑声更响亮了。

还是善良的晓月打了圆场，她把贺杰拉到一边悄悄地说：“你怎么一个人到这里来了？”

贺杰扬起手中的报纸说：“首长要我来取报纸。喏，这几张可以送给你拿去学习。”说罢，递给晓月几张报纸。

晓月随手翻了翻，是当天的《新中华报》和《中国妇女》。道声谢谢，便关切地说：“你还没有女朋友呢？看看那边几位，穿蓝底白花布鞋那个姑娘，她怎么样？她现在也单身着呢。要不，我和她说说？”

贺杰吓得连连摆手：“这使不得，这使不得！”

晓月佯作不快说：“怎么？看不上？”

贺杰紧张地解释说：“不是。是工作的原因，工作的原因。”

晓月一下就明白了，她隐隐约约知道贺杰从事的是和情报有关的工作，他做人低调，不喜张扬，很神秘。既然如此，那就理解他吧。但是晓月还是遗憾地、有点不甘心地说：“再伟大的工作，也不能没老婆吧？你得抓紧，工作到合适的时候，就成个家。”

和贺杰分手后，女同志们开始议论起来。359旅一个副营长的老婆大大咧咧地说：“这个男人真是帅气啊！看上去脾气也不错。”

有人打趣道：“再优秀你也没法换个男人啊。”

“越说越不像话！”晓月温柔但是很严肃地制止了这种不合时宜的玩笑。

这时，一位老大姐说：“这个贺同志很了不起！去年抓获的那个特务，听说就是他负责实时监控，并及时向中央情报部负责人李克农同志汇报，打掉了这个特务团伙。”

“对。”晓月补充说，“这些特务很狡猾，居然假冒寺庙里的住持，经常搞破坏，用暗藏的电台向敌方发密码电报。”

“那是怎么被发现的呢？要知道，庙里的僧人是很不容易被注意到的。”

大家觉得十分好奇，都看着晓月，期待着从这位有着特殊身份的大姐嘴里套出一个惊人的故事。

晓月说：“按说这个狡猾的特务是不容易被发现，你想他是本地人，又是受保护的宗教人士。可是这家伙有个最大的毛病就是十分好色。”

“就怎么样了？”大家都听出神了。

“他三天两头犯毛病，早就被当地朴实的农民看出来了。后来他居然和一个农妇通奸。那家男人如果外出，那女人就在家门口晾晒一床红色的被面。这是他们幽会的暗号。这个不正常的僧人立刻引起了我们情报部门的注意，就派贺杰同志等人对他实施监控，果然发现了严重问题。”

“我们的情报部门太厉害了。一个好色的僧人，怎么会联想到特务身上？”

“这不奇怪，邪恶都是相通的嘛。一个从事信仰工作的人，却放肆地亵渎信仰，这样的人，即使当下不犯大错，但总有一天会走上不归之路。”

“说得对！现在那个特务呢？”

“被枪毙掉了。”

“啊！太可怕了。”

“是啊，看上去咱们这里风平浪静的，想不到还有这么复杂的情况。所以说啊，那些情报部门的同志真是很辛苦。”

“而且有了功劳还不能在大会上受表扬，都是无名英雄。”

这时，那个晓月想介绍给贺杰的“穿蓝底白花布鞋”姑娘突兀地大声说：“我要是结婚，就不找这样的。无名英雄有什么劲啊？我要我未来的丈夫戴着大红花和很多功勋章来娶我。”

“真没羞！真没羞！现在的姑娘怎么一参加革命什么话都敢说。”大家哄笑声中，夜幕悄悄降临了。

宝塔山，如一尊剪影，在墨蓝的天空映衬下，显得十分神秘，十分有内涵。

自那以后，晓月几乎再也没见到过贺杰。后来就听说他去了晋察冀边区。

十七

菊米从郝光那里得知，父亲贺杰1939年从延安来到晋察冀，度过了他一生中最为辛苦的几年。他有时骑着自行车，但大部分时候是步行，从河北到山东，从山东到山西。那高高的太行山上不知留下他多少行足迹。他搜集了大量的情报工作，为新中国的诞生立下了汗马功劳，但他的名字无人知晓，他的功绩无人知道。因为他们实施的是单线联络方式，经常会因为上线或是下线被捕，甚至有人叛变，导致整个情报系统崩溃、重组。一直到全中国解放，贺杰和妻子菊红带着刚出生不久的女儿菊乖随大军南下。

也正是这个阶段，贺杰的身体开始出现了很不妙的情况。他不是不知道，但他再次向党"隐瞒"了事实，他的肝部状态非常不好了。可是贺杰一心想着要多为党工作，洗刷干净曾经的剥削阶级思想。当他偷偷去看病，得知自己身患绝症时，他只有一个想法：趁有生之年，快快地、尽可能地为党多做工作。

天哪！这要多大的毅力？之后，他又参加了湘西剿匪以及三反五反等一系列运动。最终，他出于单纯，出于对党的极度忠实，出于朴实的、想帮助妻子菊红克服"资产阶级思想"，把菊红在长沙学习时买的那床被面交给了"组织"，万没料到，他恰好交给了一个混进党内的二流子，这二流子因为菊红曾经不同意他入党转正而怀恨在心，这下终于找到了报复的机会，于是设计了一个冤假错案……

贺杰把自己打倒了。

当一切成为历史，经历了半个世纪后的今天。贺杰最小的女儿菊米还会常常面对父辈的灾难不知所措。

这个时候的菊米已经和“营长”离婚了。

当初菊米要离婚时，菊红坚决反对。传统或者说守旧的菊红很明白，最初菊米结婚就是一个误会，菊红知道这个任性的傻乎乎的小女儿是一时冲动。但是根据菊红的观察，那位“营长同志”也没什么不好的地方，只不过看上去十分憨厚，脾气死倔，但那也总比油滑强吧。所以现在菊米要离婚，菊红是在意料之中的，她不同意，是因为她还没有看出这对冤家到底有什么不得了的矛盾。不是原则问题，那就不要轻易说离婚！你以为这是闹着玩的啊！

我没有闹着玩。那些文学作品害了我！我以为我也可以像李双双那样先结婚后恋爱。但是十几年过去了，我不仅没有等来想象中的恋爱，反而越来越恶化，吵架的原因越来越不可思议：一张车票，一张照片，一碗面条（又是该死的面条），我实在受不了了。

那也得受！对我们来说，世界上根本没有恋爱这个词。只有信仰，你要把恋爱、结婚当作信仰，那就对了。你看我当年和你父亲，那不就是组织上交给我的一个任务吗？

天哪！菊红竟然要菊米学习她忍受一切的能力，她都不知道她所承受的苦痛，不亚于耶稣背负着沉重的十字架。菊红也不知道，事情比她想象的要严重得多。因为菊米这一代没有她们那样坚定不移的信仰（菊红平反后，恢复党籍时，她激动地把大红色的《党费证》放在镜框里挂在客厅墙上），也没有她们那样吃苦耐劳的恒心，更谈不上什么博大的灵魂之类。所以二十一世纪流行抑郁症，所以后来菊米甚至连自杀的念头都有了，她不想和营长过她不想和营长过不想不想不想……

再这样下去菊米就要疯了。

最后，还是孩子们中间最懂政治的菊乖和菊米严肃认真地谈了一次话。

为什么要离？

我也不知道。我就知道如果和他要过一辈子，我宁肯跳楼。

怎么这么严重？以前从没听你说过啊？

我，要面子，不想说。后来，有一次我找到一瓶安眠药。但我看着这瓶药心想：我连死都不怕，为什么还怕没面子呢？

天哪！究竟出了什么问题，使你们这样格格不入？

就是因为我也想不明白。我只是想不通，他娶我的时候那样狂热，之后就再也不管我死活。

没有吧？我们看上去觉得他对你还是蛮好的样子，只是性格有点蛮横。你要求大同存小异啊。

不行了！我已经努力了十六年，其结果是我们向相反的方向跑得更远。

那你也要为孩子着想。

正因为孩子，所以更加不能和他在一起。他酗酒，毫不控制，经常酩酊大醉，我和细细看了都害怕。

是不是他觉得你现在越来越高了，会嫌弃他，所以他就自暴自弃?

你怎么也这样怀疑？我周围的很多过去的朋友都这么认为。我觉得他们是故意使坏，他们希望我被这个男人折磨死。

菊米你心理有问题了吧？难道世界上有这么多坏人?

那不叫坏人，那叫变态。我特别注意过哈佛大学精神病学专家玛莎·斯托特博士的观点，她认为：即使你身边的人都不再质疑权威，你也要质疑权威。（可怕的是）十个人里面至少会有六个人盲目服从权威。

这能说明什么?

说明人的良心大多数时候处在沉睡的状态。除非被伟大的人物唤醒，或者他们自己遇到了巨创。

……

好吧。难道世界上有这么多变态狂?

是的。这不是我出了问题，是社会出了问题。你看上次湘潭那个要跳楼的女人，她在十几层的高楼上要往下跳，马路上站了一百多人，都幸灾乐祸地看着楼上喊：“跳呀！快跳呀！有种就跳！就是英雄……”你看这些人和鲁迅笔下的看客有什么两样？唉，人血馒头啊！嗜血的人性，这怨他们么？他们吃这样的馒头是因为他们以为吃了可以治疗肺痨，而不知道下一次就是别人吃他们的血。这正是：梦里春秋邪压正，镜中日月幻成真啊。

我不懂，为什么那么多人想伤害你？

妒忌。因为其实我和营长的生活在一般人眼中还是蛮好的，蛮幸福的。所以最后走到今天这一步，都是那些过分地“关心”我们生活的人，一步步导演成这个样子。

我明白了。你的意思是说，那些人故意让你发蒙，让你不清醒，让你郁闷。表面上看，他们是一群多么正义，多么关心别人的好同志啊！

是这样。正如萧伯纳说：“动摇一个人对自己的信心很容易，简直易如反掌，而利用这一点来摧毁一个人的精神是魔鬼做的事情。”不仅如此，他们在我这里就说营长是个好同志，在营长那里就说菊米这女人不得了，什么样的男人才能够控制得住她呀？这样，就使得营长心理压力越来越大，嗜酒的毛病就越来越重。

那既然你对此事看得这么清楚，为什么不告诉营长，揭穿那些所谓朋友的阴谋呢？

（苦笑）没用。他不听我的。他好像中了魔似的，相信所有人的话，唯独不相信我，你都不能想象他后来成什么样子了。不知道哪个坏蛋给他算命，之后他回家就神神叨叨，想把我从西藏带回来的一尊菩萨给扔掉，说是朋友讲：你家有尊佛，但不是保佑你的……你看他是不是疯了？

你坦白地说，你真心做过努力吗？

岂止努力，有时我甚至是在刻意导演一场温情的家庭剧。比如有一天，月亮特圆，我抱着枕头（注意，枕头是个微妙的道具）跑到他的房间，喜滋滋地对他说："我女朋友都说，你老公其实挺好的——"他还没听完，就大发雷霆道："你那些朋友都是王八蛋！"

啊！这是为什么？

我当时也不懂，被他气哭了（二十年之后，我才知道他是因为"其实"两个字发火。呜呼）。

等等，刚才你说"他的房间"，你们一直分居吗？

是啊。孩子出生就我带着，他就自己住另一间房子。

他愿意这样吗？

不知道。应该是吧。他也没说什么啊。

菊米，你们这样太不像夫妻了，甚至连起码的生活状态都不像，你不觉得吗？

我觉得啊！我知道我们的生活不对，但是不知道哪里不对。他是男人，他比我大，如果他觉得哪里不对，完全可以告诉蒙在鼓里的我。为什么他不站出来主持这一切，反而把所有的不是都推到我的头上呢？

你太傻了！你这样一个人在外面生活，得遇到多少可怕的事情啊！

我就遇到他这一个可怕的事情。

你这么害怕他，孩子怎么生出来的？

刚结婚那会儿，还不像现在。再说，我也一直没搞懂。有一次在医院办公室（当时菊米在医院工作），一位男同事对主任说：“下午的会议外科的卢副主任不能参加了。”主任问为什么？男同事说：“他儿子的睾丸（怎么怎么，由于菊米不懂，所以记不清说的什么病）……”

后来呢？

后来我就丢人了，我心想“搞——完，长在人体的什么位置呢？”（然后摸摸自己刚割过的阑尾处）大声问：“搞完（睾丸）在哪里啊？”

（菊乖气得大笑起来）你怎么搞的？那时孩子都生出来了，还会犯这样的错误。

是啊！当时一办公室都是男人，他们全都瞠目结舌，全都红脸了。

你真是骇世惊俗！营长要听说还不气死啦？

是的。回家我还问他，结果被他臭骂一顿。

菊米我劝你再好好考虑考虑，不要做后悔的事。

我再说一遍：我考虑十六年了。后来我调到北京工作，看不见他，心情好多了，就努力把他调到北京工作。原以为这样他就会改变了，起码是不会酗酒了吧。没想到，他在新疆的那些酒友也陆续调到北京来了，继续喝。有一天他喝酒回来和我吵架（忘了为什么了，因为这样的事太多了）。我气愤中对他说：“我调你来北京这么不容易，你——”话没说完，他就怒火万丈地吼道：“活该！谁叫你给我调北京的？要不是来了这个鬼地方，老子早就提拔了！”我听了这句混账话，才懂得什么叫“万念俱灰”，我恨不得杀了他（听到这里，菊乖自言自语说“太可怕了”）！但脑子嗡嗡过后，尘埃落地。“是时候结束这一切了。”心里有个声音对我说。我从来没有这样冷静地面对他，从来没有这样勇敢地和他讲道理。我轻蔑地说：“凭什么提拔你？你有什么本事？未必你还好意思说吃你爹的老本？告诉你，别以为你有个好爸爸就可以为所欲为地欺负人，我爸妈参加革命的时候你爹还在山里当土匪呢！”

营长气疯了：“放你妈的臭狗屁！”

我也豁出去了：“放你妈的灯花骡子屁！你以为我是怕你啊？这么长时间我之所以忍受你，是因为我感谢你。当年在新疆的时候，你和我吵架时曾经要我‘滚出去’，于是我就滚到北京来了；现在，你住在我的单位分给我的房子，什么时候，你！从我的家里滚！出！去！！！”说罢，我用世界上最快的速度，大概是一分钟就写好了离婚报告，然后甩在他的脸上大吼道：“签字！”

当晚，菊乖向全家宣布：“同意菊米离婚。”

十八

贺杰是个大男子主义十足的人，在他和菊红的家庭生活当中，大事小事都是他说了算。或许，他从来就没有爱过菊红，只因为菊红是组织上派发给他的，所以他无法说服自己，也不懂得如何与她形成亲密的爱人关系。

这次和晓月的奇遇，不知触动了贺杰内心深处的什么，他想着一定要找个合适的机会和菊红好好谈一次话，把结婚以来的情况总结总结，自己也得服服软，把大男子主义克服一下，向菊红作个检讨。然后呢，两个人振作起来，重新建设美好的家园。

在这段非常的日子里，贺杰甚至偷偷地写了很多热情洋溢的诗歌，是献给爱妻菊红的。这些，菊红一点都不知道。当然，那些诗歌有些是与革命有关的，并没有什么爱情色彩。但这有什么关系？在那个年代，革命就是理想，而理想和爱情是不可分割的。

非常遗憾的是，现实往往是残酷的，对于贺杰来说尤其如此。首先是他被查出患了严重的肝病，紧接着的一个周末，家里发生了一件惊天动地的大事。

正是吃晚饭的时候，有人来访。

贺杰和孩子们都不认识此人，他高大的身躯堵在门口，有一种密不透风的感觉。

“请问这是菊红同志家吗？”他说。口音很重，一听就是山东人。

菊红“突”地站起来，眼睛直勾勾地盯着来人看，她“啊”了一声，身子摇晃了两下，好像要晕倒。贺杰眼疾手快地扶住了菊红，以他常年搞地下工作的警惕的眼神打量来者：“你是谁？”

那人一步跨进门，自我介绍说：“我叫——”

“洪——峰！”菊红缓过劲来了，她哆嗦着嘴唇，不敢置信地问，“你，你是洪峰吧？”

这位被菊红唤作“洪峰”的大个子，双手使劲握住了菊红的胳膊，无限深情地注视着她说：“是我，菊红，我是洪峰啊！”

贺杰生气了。这是干什么？在我的家里，那样情深意切地拽着我老婆的胳膊，居然当着我和孩子们的面，他什么人哪？他想着，就毫不客气地一把将洪峰的胳膊撸开说：“你是谁呀？”

洪峰淡淡地笑笑，转过身来对贺杰说：“我是谁不重要，关键是我想问你是谁？”

咦！你反了天了不是吗？贺杰气得脸都白了。他哆嗦着嘴说：“她是我老婆，我是她丈夫。你是哪来的混账，跑到我家里寻事！”

洪峰无比讥讽地哈哈一笑道："好一个丈夫！"说着，他严厉地瞪着眼睛斥责道："你这个当丈夫的，你爱过她吗？珍惜过她吗？不！你没有。你不仅没有，反而害了她！你这自私自利的东西，为了表现你自己多么革命，把老婆推到坏人手上，害她成为坏人的靶子。菊花，哦菊红她从小就没有亲人，一直跟着游击队干革命，这么好的女人，这么优秀的好同志，竟然被你害得这个样子，你害得她一无所有，只剩下你这个混账的所谓丈夫！"

震怒中的贺杰"唰啦"一下打开了抽屉，只见他飞快地取出一支手枪，拉栓，对准这个叫洪峰的不速之客。

"滚出去！不然我枪毙了你！"贺杰怒吼道。

不料那洪峰也毫不示弱，几乎是与贺杰端枪的同时掏出一把手枪对准了贺杰——

刚把孩子们轰出去的菊红看到这个场面，大叫一声，飞快地不知从哪里掏出了自己的手枪，正是那把她最心爱的勃朗宁，刘伯承元帅在战火纷飞的年代赠送给她的手枪。

现在，菊红用这把手枪对准了自己的胸膛，她圆睁着眼睛厉声喝道："不许动！看你们谁敢动一下，我就打死自己！"

她做得到的，她是不怕死的，她枪法很准的。这屋里两个互相并不了解的男人对菊红却很了解。他们感到了害怕，他们放下了武器，眼睛却都喷着敌对的火焰。

这个严重的事件很快传遍了长沙市的大街小巷。这么说有点夸张，其实是所有来到湖南的南下干部几乎都听说了此事。大家议论纷纷，反正是挺丢人的。

不多久，贺杰的手枪上缴到单位保卫处代管了。菊红的那把手枪她拒不上缴，你要是和她讲道理说这很危险，武器不能留在家里，她就会说，这是刘伯承元帅送给我的纪念品，谁也无权拿走。人家就对她没有办法了。

那洪峰呢？当然是省委组织部和贺杰、菊红单位来了不少领导，做了很多工作，他气愤地回去了，他的单位在南京。

菊红后来渐渐地得知洪峰的一些情况：他参加抗美援朝回国后，先是在一家野战医院疗伤，之后分到南京一个野战部队当政委。他没有结婚。

贺杰呢？他一直很气愤，这个突然冒出来的洪峰彻底激怒了他，他看出来了，菊红和这个叫洪峰的男人之间一定有着无可形容的深厚感情。可怕的是他从来没听说过，这就更加说不清楚了。这种说不清楚的东西，正是男人和女人之间最隐秘，也是促成男女结合的最有价值的东西。比方说，贺杰每次见到晓月的时候，就有一种说不清、道不明的情愫，而在他与菊红的婚姻中，就从来没有过。然而贺杰毕竟是个善于学习，不断在成长的道路上改造自己世界观的好同志。上次见到了晓月之后，他深知自己对这个优秀的女人的一切都只不过是美好的幻想，见到她有了更好的归宿，那么自己就应该收起澎湃的心来，和菊红一道建设好自己的家园。

但是现在，贺杰他不打算向菊红作检讨了，他也决不向谁服软！至于生活，生活成什么样子就什么样子。什么重建美好家园，去他妈的吧！

郁闷之中，有一天，贺杰的老战友熊建武来看望他。贺杰难得高兴地摆了酒席款待他。

熊建武也是陕西人，跟贺杰是老乡，又一起南下来湖南。湘西剿匪结束后，他留在当地担任公安局长。常言道“酒后吐真言”，这两个老乡在一起喝酒喝高了，贺杰就把闷在心里很久的话倒出来了。

贺杰说：“老熊啊，我——我给你说。我贺杰最最讨厌的，就是女人玩武器。”

老熊哈哈一笑说：“我知——道你什么意思。你——老婆枪法最好，你小子有点妒忌是不是？”

一听这话，贺杰气愤得酒也醒了，他站起来，双手叉腰高声喊道：“我他妈还会妒忌老娘们儿？太小看人了。我是说，这武器是不应该放在家里，迟早会出事。老熊你看我的枪都上缴了，可菊红同志她，她就是不交。”

老熊狡黠地一笑，把贺杰按在椅子上，如此这般给他耳语了几句，贺杰听了连连点头。

菊红有个习惯，每到周末就要把手枪拿出来仔细地擦擦，直到手枪油光锃亮，发出乌蓝乌蓝的幽光。但是这个周末，她照例去开抽屉取手枪时，突然跟踩在了电门上似的惨叫一声：“枪呢？我的枪呢？我的手枪怎么没有了？谁动了我的手枪？”

贺杰气急败坏地冲进来制止菊红说：“别叫别叫！人家还以为我们家又出事了，一会儿又把保卫处长叫来了。那枪啊，那枪——是这样的。”

菊红一把甩开贺杰的手，毫不克制地吼叫着：“快说，你把我的枪放哪儿了？”

菊红激烈的反应超乎贺杰的想象，但是他没有退路了，他脖子一梗，豁出去了的样子说：“枪，我送给湘西的熊局长了。他——”

“啊——！我和你拼了，你竟敢拿我的手枪去送人，我要你送！我要你送！”菊红气疯了，对着贺杰一顿狂扑乱打，“不行你快给我要回来！不然我就和你没完。”菊红气得浑身发抖，十指发麻，感觉两条腿都不属于自己了，她放声恸哭。

渐渐地，菊红的眼泪干了。自从失去了这把手枪，她脸上一副“心死如灯灭”的模样，整个人都丢了魂似的垮了。贺杰看了心里都虚虚的，他开始后悔了。

这天早上，贺杰一醒来就觉得嗓子眼痒痒的，有股子土腥味道，他使劲一咳，“哇”地喷出来一股鲜血，他心中一惊，知道不妙了。自从菊红的“被面事件”以后，贺杰这是第二次吐血了。他心里无比沉重地想："上天惩罚了我呀！"

菊红习惯性地跟着起床，一见到那鲜血，蹦起来就去找救护车。谁也没有料到，贺杰这一去医院就再也没有回来。

十九

贺杰的追悼会是他在延安抗大学习时的同学晓月主持的。

对于贺杰的去世，晓月十分震惊和悲痛，在追悼会上，她好几次都失态，哽咽得说不成话。特别是当她看到贺杰留下的这几个孩子，眼巴巴地站在父亲的棺材跟前，一副不明白发生了什么事情的无辜模样，晓月的心都碎了。她抱起才一岁多的小菊米，依次摸摸菊乖、豆豆和菊香的头，流着眼泪对菊红说："菊姐，为了孩子们好好活下去吧！将来这些孩子的学习和工作我来安排。我会送他们上军校，继承他们父亲的遗志。好好的，好好的，别在意恐惧，它根本不存在。"

最后这句话，好像是对菊红说的，又像是说给孩子们听的。晓月的语调十分轻柔，但此刻却像炸雷一般，在菊红和她的孩子们心中轰响。

这句极具哲理的话，像是一个古老的寓言。

贺杰去世后，菊红的眼泪干了。她一人拉扯着四个孩子，靠国家抚恤金勉强度日。这时，有老战友来看望她，给她支招说，那个叫洪峰的，不是没结婚吗？我看，他定是一直在等你。

菊红吓得连连摆手，这怎么可能！连梦都不能这样做！

夜深人静时，菊红想起了洪峰，想起了白天老战友的话，她的脸都热了。洪峰啊！你在哪里？老天为什么对我这样，上演着一幕又一幕的悲喜剧，你还嫌不够让我撕心裂肺的吗？

心情稍平和一些的时候，菊红想到她和洪峰那些青梅竹马的事，想到在革命的战争年代那些悲欢离合。她的心，碎了又弥合，弥合了又破裂。她甚至会想象着，和洪峰重组家庭的一组组和谐幸福的画面……

但是每当此时，菊红又会感到万分惶惑和内疚，对去世已有半年的贺杰感到深深的内疚。

一个周末，喜欢在周末出太阳的长沙正好是阳光明媚。菊红把孩子们的被子都拿到后面院子里去晾晒，这时前院有人喊菊红："来客人啦！"

菊红习惯性地把双手往裤子两边一擦，急匆匆回去。远远的，看见家门口站着一位军人。

“您是菊红同志吧？”来人有点怪。一边问话，一边用眼睛上上下下打量着菊红，好像对她有着强烈的好奇心。

不知为什么，菊红在那瞬间就有了不安的感觉，她似乎预感到：又是一件大事要发生了。她不由自主地哆嗦着去拿茶杯，给客人倒水。

军人向菊红敬礼，自我介绍说：“我是从南京来的。我们政委洪峰同志临终前委托我把这些东西转交给您。”

说罢，从一个帆布包里取出一个红绸子的小包裹，里三层外三层地打开，里面竟然是几根金条和一本存折。

菊红在这一瞬间，完全对世界失去了感知，她压根儿就不明白这位军人在说些什么。她木木地看着他的嘴在动，手里端着的杯子“啪”地摔碎在地上。

……

二十

我经常想，就是编小说，也编不出比菊红命更苦的女人来了。可是她自己浑然不知，她经常形容别人的一句话就是：“你看他多么不幸啊！”就好像她本人不是凡胎肉身，活着就是为了“让天下劳苦大众都解放”。

有时我也会愤然想：要不是继承了菊红这些好毛病，

我当初怎么会嫁给营长?

我和营长刚离婚那会儿，因为他等分房子，有相当长一段时间还住在我家。那段时间我们关系反而比以前好很多。如果说是“相敬如宾”那可是有点滑稽，但是离婚后营长的脾气的确好了很多，不过后来我想是不是和我的心态有关系。比如他正要发火的时候，我马上夸张地耸肩、摊开双手说：“对不起，别忘记你只是借住在一个朋友家里。住别人家要讲礼貌。”他马上就有所收敛。他那种开始懂得讲道理的样子使我很感动，我甚至想，要是他以前就这个样子多好，或许我们就不会走到绝路上来。

但是正如被我称作“大师”的一位朋友对我说的那样：上帝让我当作家，就是要把人世间所有的所有的美丽和丑恶统统展示给我看。没过半年，营长“闪婚”了。

他结婚是很正常的事（我和他离婚后还偷偷帮他找过老婆呢，但终于没好意思开口），但是不知为什么仿佛一夜之间所有的舆论变了。以前他的朋友（或是酒友）骂我是女陈世美，现在就不了，他们众口一致地欢呼说，营长不要菊米啦！营长找了个比菊米有钱的……

满世界都在欢呼啊！很多人竟然直接打电话给我，按捺不住他们阴暗的喜悦之心，好像一群流氓憋不住了直接在大街上射精，什么都顾不得了。

更加可笑的是，营长那个据说是“有钱”的老婆竟然深更半夜也给我打电话（估计是刚刚房事完毕，意犹未尽）。

但是那女人一开口，我便挂了电话。然后拨通了110，告诉警察有个女流氓骚扰我。

后来大师问我："你怎么知道是那女人？"

"因为我的圈子里面没有这样烟花柳巷的腔调。"

"你应该说'我谢谢你帮我把这个我不要的男人领走，帮我照顾他'。"

"不，我不能说。"

"为什么？"

"我不愿意和一个流氓谈话，哪怕是一句话，都是给流氓面子。"

"这样啊？该你来当大师了。"

安静了没几天，沉渣泛起：

那女的有钱呢，百万富翁。

听说是三百万……

不，好像是一千万呢！

哇噻我操（没见过钱的人们集体晕倒）！

此情此景，真是让人大开眼界啊！

又一个电话，竟然是我很久以前的一个战友的老婆，她是从农村随军到城里来的，被这个能干的战友安排在托儿所工作："菊米啊！营长和那女的住的新房有两百平米呢，那床、那床（她被自己的口水呛了一下继续说）那床是十五万一张哟。"

不就是十五万一张的床上躺着一对狗男女在搞流氓活动吗？大师轻蔑地说：“菊米，从此你不要接任何与你谈此事的人的电话，他们都是畜牲！他们以为你傻，其实他们是世界上最傻的傻逼。和他们谈话不仅会降低你的水平，更甚者是会使你受到伤害。为了不上这些反社会人格者的当，你必须记住：这些人以后，特别是当你走运之后，他们还会把脸向你转回来的。你不要让他们转过来，他们当年是怎么样脱了裤子露出屁眼的，就让他们那么一直露着，或是吊在半空中别让他们下来。”

树欲静而风不止。没多久，营长就终止了对他亲生女儿细细的抚养（他不是傍大款有钱了吗）。

“每月他该付给女儿多少钱？”大师压抑着愤怒问我。

“五百。”

“为什么这么少？”

“我当时就想着快快离婚就好，所以不愿意给他设置任何障碍。没想到他居然会突然之间没有一点铺垫就直接翻脸了。”

“菊米啊菊米！他这是想让你死！”

“为什么呀？”我太吃惊了，同时脑海中浮现出刚离婚那些时候他的“良好表现”，他，究竟是个什么样的人？我真的愚蠢到这个地步了吗？这么多年居然看不清他是谁？

为什么呢为什么呢？

因为他很明白，你早已不爱他不在乎他，所以他对你做什么你都不会生气难过，但是他知道你唯独对女儿——，他不惜以伤害自己女儿的方式来伤害你，真是畜牲不如！

我哭了。这回是真的哭，我不是在哭，因为没有声响，是眼泪自己哗啦啦流。真的，我不是为我自己哭，是为这个悲哀的世界。

不几天，有个奇怪的人给我打电话："我是大师的朋友。"

"您有什么事？"

"我就是来帮大姐您报仇的。"电话里的人低沉地说。

我一愣："怎么报？"

"你想卸胳膊还是卸腿？我的公司专门干这个，不收您的费用。"

若是在这个电话之前，我的愤怒淹没了我的理智之时，我很可能会歇斯底里地大叫："我恨不得你们快快去把那个狗女人轮奸掉！"

但是我不能。也就是说我还没有被所谓的"恐惧"所控制、所淹没，所以我才不会做出最愚蠢的事情。我说谢谢你谢谢你不麻烦你了。我一生中头一回突然看到了社会的黑暗面。我的心沉到了地狱，终于明白社会为什么会出现那么多的丧心病狂、那么多的刑事案件，我终于看见了高悬在头上三尺那闪着神明之光的利剑。

在一个混乱的社会中，人人自危！

我从来不和母亲菊红诉苦，这回却无法控制，我给她打电话，边说边哭。

末了，我的哭声戛然而止。我发现电话那头没有声响，“喂喂”了两声说：“妈，您说我怎么办呢?”

电话那头仍然是沉默，我心惊肉跳，知道这样的时候，菊红就该发飙了，正后悔不该告诉她，突然她就发话了。

“就让他高举着屠刀吧!”

菊红说这话的时候声音低沉，字字是剑。

二十一

我小时候很苦恼，觉得我的妈妈和别人家的妈妈太不一样了。究竟怎么个不一样法，我也说不出来，反正就是当我在别人家感受到的妈妈很像妈妈，而我的妈妈永远在革命和斗争的氛围之中。

难道革命就是不近常理吗?

菊红从来没有和我讲过女孩子应该懂得的一些事情，比方说女孩子长大了会来例假，然后应该怎么办等等，以至于后来我对于例假这个东西充满着厌恶的情绪。我刚入伍时，每天晚上熄灯号响过之后，不习惯早睡的几个战友都喜欢在黑夜中聊天。时间长了，渐渐放肆起来，有次居然说男人和女人一样，也会“来例假”，只不过是每周一次……我听了吓得气都出不来，看着漆黑的天花板目瞪口呆。我的婚姻不顺，并且出了很多洋相。我一直有点埋怨菊红在这方面对我教育的缺失。

洪峰死了。菊红的心也死了。上帝把她的门关上，又把她的窗子堵死了。

但是应该承认，洪峰遗留给菊红的那些财产，的确帮助她和孩子们度过了最最艰难的日子。

1962年，是中国人民艰难度日的年头，而我对那年的唯一记忆，就是妈妈给我买的一根棒棒糖，我高举着走在路上，突然被一个穿黑衣的小伙子抢走了，他跑得风快的样子，至今我还历历在目，他把我吓哭了。

我曾经给别人讲述这段事情，人们总是奇怪地说：“那是过苦日子的时候呢，你居然还有棒棒糖吃。”

还不止此呢，我上小学时，有次学校要演出，排练一个亚非拉人民大团结的歌舞，本来我是扮演一个中国的少先队员，但是到了彩排的时候老师改变主意了，要我演一个外国女孩。因为妈妈给我准备的演出服是一件金黄色的缎子长袍，不仅材料特殊，样式也十分古怪（后来我才知道，这是土改的时候从地主家里没收来的）。这件华丽的服装害了我，我只能演一个资本主义国家的小孩了。不仅如此，老师还把我的头发用电夹子夹成大波浪卷，同学们看了都哧哧地笑。我心里十分自卑，十分沮丧。这种效果，可能是菊红万万没想到的。

到了读高中时，大家的生活都好多了，学校老师就给我们布置了一道奇怪的作业——吃忆苦饭。

这天下午，我们这个小组的同学去长沙市区浏城桥底下挖野菜，所谓野菜，其实就是现在所说的马齿苋。那时，浏城桥底下那条铁路两旁有很多马齿苋。我们挖够了野菜便回到我家中，把野菜交给了菊红。菊红这天下午不知为什么没上班，就说让我们去玩儿，她来帮我们做忆苦饭。

一会儿菊红喊着："忆苦饭做好啦！来吃吧。"同学们欢呼着跑进厨房。

当一碗碗漂着香油和葱花的所谓忆苦饭递到我们手中时，我气坏啦！

"这叫什么忆苦饭？"我大声质问菊红，"啊！你还打了鸡蛋在里头，这明明是地主吃的东西，你干什么呀？呜——！害我们没吃成忆苦饭！"气死我了，我大哭起来。

现在看来，那也是钱惹的祸。那个叫做"钱"的东西，破坏了我很多快乐。

过了很久很久以后的一天，菊红把这一切都告诉我时，我才深切体会到，洪峰留给菊红的那些遗产，是怎样帮助她和孩子们渡过了一个又一个难关。

那么，洪峰又是哪来的这么多钱呢？菊红说，洪峰不是还有个弟弟吗？

是啊！我还记得他叫洪涛，当年在天津卫做生意来着。

对。就是这个洪涛，把生意做得很大，赚了不少钱。解放后，他去南京找到洪峰，劝哥哥早日成家立业，并且留下了一堆金条。他也万万没想到，哥哥到死也没有结婚，而他的遗产，却养活了与他不相干的一家人。

回想起洪峰当年用十斗高粱把菊红从张家赎回到游击队的事，真是令人感慨：洪峰啊洪峰！你上辈子欠了菊红什么？

二十二

菊米和万小博的婚礼惊天动地。

菊米并不是高调的人，但是这次她却很任性，把婚礼办得宛如一台华丽的晚会。宾朋满座，欢歌笑语，看上去又好像是一场盛大的PARTY。

菊米身着雪白的长纱裙，从胸口往下缀满了晶红的亮片，越往下颜色越浅，渐变成纯白。今晚的菊米，是最漂亮的新娘！

小博依然帅气，他穿的是深灰色带隐形条纹的西装，当他俩挽着胳膊从花门里走出来，所有的人都看呆了。

更让宾客们惊讶的是，音乐声中，屏幕上一张一张闪过的照片。那是这两个已经不年轻的新人奇特缘分的见证。

惊叹声中，人们才发现，原来三十五年前，菊米就和小博相识在中学的校园里。不仅如此，他俩从小就是一墙之隔的邻居呢。冬天，儿时的菊米喜欢穿过墙洞，“越境”到小博他们院子去踏雪。那个院子的孩子很不高兴他们的雪被别的院子的小孩踩坏了。这使得菊米一直不喜欢隔壁院里的孩子。而从小就很乖的小博，只是偶尔到菊米家这边的院子里去找同学写作业。小时候，他们并没有注意过对方。即使中学在一个演出队，那时也是男女授受不亲的，谁也没把谁看在眼里啊。

来参加婚礼的人们议论纷纷，他们十分好奇的是，这两个少年时代“失联”的人，隔了三十五年后的今天，又是怎么走到一起的呢？

小博用一首深情的歌曲回答了人们的疑问：

“在那遥远的地方有位好姑娘，
人们走过了她的帐房，
都要回头留恋地张望……
我愿抛弃了财产和她去放羊，
每天看着那粉红的笑脸，
和那美丽动人的衣衫。”

这时，屏幕上呈现出一幅放大的照片。

所有的人都吃惊地“哦”了一声。原来，菊米和小博没有拍婚纱照，而是从他们三十五年前的那张全体同学的合影上，把他俩单独“摘”出来，并且放大，这就是最好的结婚照了。

菊米的女儿细细带着她军校的同学来参加妈妈的婚礼，几个小姑娘看着菊米和小博的结婚照，再看看那张集体合影，哭了。

原来，在三十五年前合影中的菊米和小博，居然极其巧合地一前一后紧紧贴在一起，菊米那根15岁的大辫子，恰好垂在18岁的小博的肩膀上……

不少人问菊米，当时是不是有意站在一起的？菊米好笑地说：“哪里啊！就连我们自己都不知道当时我们站在一起了。我只记得那时学校演出队没什么钱，所以拍照片时只能拍六寸的。结果照相的师傅让大家挤紧一点再挤紧一点，于是就拍成这样。”

更奇怪的是万小博，他甚至都不记得有这张照片，还是当兵到新疆的菊米一直珍藏着的。

但即便在众人眼里如此般配，菊米的母亲菊红也并不看好他俩的结合，她没来参加菊米的婚礼。

他当时是为了你离婚的吗？

不完全是。

这什么意思？

因为他也是媒妁之言，勉强结婚后一直不幸福。即便后来没遇到我，他们也会离了。

什么叫不幸福？世界上根本就没有你们说的那种幸福，照我看呐，这结婚就是一个任务，只不过这个任务是一辈子的事，而那个幸福呢，它就是信仰。你看看：执行任务，不就是为了实现信仰吗？这个道理就通了。你讲的那些，不通。

菊米所有的智慧在菊红发明的类似“理论”中，显得极度虚弱，并会迅速“崩盘”，毫无招架的功夫。

但是这回，从来不敢在菊红面前顶嘴的菊米，大声地、理直气壮地说：“您说什么呢？太可笑了！结婚就是结婚，信仰就是信仰，二者不可混为一谈。”

菊红破天荒地没有恼火，她沉着地说：“那我问你，他和他前妻的关系处理好了吗？还有他的孩子，你们负责了吗？”

他是个成年人，他怎么处理自己的事情他自己知道。他处理这些事情花了整整十年时间您知道吗？我们俩毕业后一直到再见面，中间隔了二十五年，之后我又等了他十年，这还不够吗？

不够！你只要迈出这一步，道义上就没法讲通，哪怕你等他一百年。生活是什么？生活是总有一天让你明白，什么叫做沉重的代价。

我做过所有的努力，我也无数次要退却，我甚至打算脱了军装到澳大利亚去定居，离开这所有的一切是非。在决定这样做之前，我向小博提出，要和那个女人谈一次话。

你打算和她谈什么?

我想对她说:你爱这个男人吗?如果你说“爱”,那好,我永远不会介入你们的生活。

你真的会这样做吗?

我会!我用十年时间观察,知道她对小博决不是爱,而是占有,是摧残,是冷暴力。不是我不敢面对她,而是她不敢面对我。我坚信她在我面前,说不出这个(对小博的)“爱”字。还有,我要给她讲一个包公判案的故事:两个女人抢一个孩子,都说孩子是自己的,包公说谁抢赢了孩子就归谁。最后,孩子的亲生母亲不忍听到孩子的哭声而松手……

这很好啊!你为什么不去和她谈?

这就是我一直遗憾的事情,小博害怕我受伤害,坚决不同意我这个决定。但是后来那个女人突然不许小博进家门,她把门锁换了。是她使我没有当成“英雄”,当了“小三”。

是什么原因使你们突然走到一起?

不是“突然”,不需要原因。我们相爱是天定的。十年前小博到北京出差,顺便来看我,我就翻出当年演出队那张合影说:“可惜这张照片上没有你。”他接过照片一看,吃惊地说:“这不是我吗?”我看到他恰巧就坐在我前面,当时我们不知为什么,同时都哭了……就是这样。

“就是这样?这样是哪样?”菊红就是这样,只要她开始发问，空气中就弥漫着一种令人发抖的氛围。

这次谈话不几天，果然如菊红所料，“不良影响”出现了。网上有一个人疯狂大骂菊米“小三”，破坏别人家庭……

什么事都瞒不过菊红，她飞快就知道了，又找菊米谈话说：“你看见了吗？群众对这个事情有看法——”

什么群众？我知道是谁干的。这狗女人！

骂人干什么？你怎么知道是个女人？你想怎样？

我叫人查了。我会收拾她（说这话时，菊米想起那家愿意帮她“免费摆平”的公司）！

你想干什么？还黑社会不成？越来越不像话！法律是干什么的？如果她侵犯了你，你可以用法律制裁她啊。我早就告诉过你，违法的事情是不能干的，即使别人在犯法，你也不能用同样的方法来对付他们，吃点亏怕什么？你看妈妈当年那个冤假错案——

菊米不想听了，她的心里狂呼乱喊：“妈呀！全世界除了您还有谁能忍受那样的灾难？”但是她嘴里说出的却是：“妈呀！您当年为什么不和那个洪峰结婚？哪怕只和他结一天婚——”

菊米刚说到这，就被自己这句话吓傻了。菊红是谁？谁敢在她面前乱放屁？

由于害怕，也由于气愤，菊米飞快地跑出去了。她动作又快又猛，不知把桌上的什么东西打翻在地上，碎了。

菊红在后面愤怒地大声斥责道："你怎么，浑身长着扫把吗？"

二十三

奇怪的事情发生了。

在菊红80岁生日后不久的一天，她突然向全家宣布，她所有的遗产不会分给任何子女，要大家"有所思想准备"。

这么多年来，儿女们都习惯菊红一些突兀或是怪癖的行为了，应该是见怪不怪。但是这回不一样，他们还是有些不高兴，不是贪图老太太的钱财，而是感到了一种叫做"悲凉"的东西，对于他们来讲，继承老太太的遗产，就是继承了妈妈留下的温度，菊红她没有理由让孩子们在这个世界上缺少这种温度。

但是菊红之所以这样做，肯定应该有她的道理。难道这个彻底的"布尔什维克"还会相信佛教中的"宿命通"？佛教讲宿命通，就是说有些人生来就有，就知道自己或他人的前生。

更加奇怪的是，当菊红安排完这件大事后，她的脑子就彻底混乱了。每天念叨的事情就是：毛泽东、周恩来、朱德、刘少奇、林彪、江青……

她总是翻来覆去地讲毛泽东请她吃饭，菜里面放了很多红红的辣椒，辣得她不肯下筷子，被毛泽东发现，问她为什么不吃，她吸溜着嘴，并用手指着，又摇头。毛泽东哈哈大笑说：“忘了你是个北方妹子，不能吃辣的……”

这个事情菊红的孩子们认为肯定是瞎说，因为根据他们对菊红历史上的了解，她根本没有和毛泽东见面的可能。

不过，有件事情别忘了，那就是1945年，日本鬼子投降之后，菊红莫名其妙地失踪了整整一年。

是啊！会不会有这种可能呢？当年菊红失踪时，当地也是有些传说，不排除她这个机灵的“小情报员”，突然被临时调用的可能性。

即便如此，也没人相信菊红在80岁以后讲述的所有故事，所有的人都相信她患了老年痴呆。

有一次，菊红的大女婿苗其要去英国出差，临走前回家看望菊红。不料想菊红一听说他要去英国，激动万状。摸摸索索地又是找老花镜，又是翻箱倒柜地不知道要找什么信件。结果，她什么都没找到，却对苗其说：“周恩来同志有个女儿，叫周蓓蕾。战争年代他们无法抚养，就送到英国去了。蓓蕾小时候很可爱，周总理很喜欢她，所以经常叫我陪着她玩，后来蓓蕾去英国，总理心里很难过，怕是凶多吉少，就把她带到我跟前说：‘这个姐姐叫菊红，你不要忘记她，她是南盘村人。将来你如果回国找不到我们了，你就到南盘村去找这个姐姐。’”说着，菊红挺难过的样子。

一家人看着菊红，瞠目结舌。她讲得绘声绘色，情绪激昂，跟真的一样。他们真不知道菊红到底是怎么了？

一个月后，苗其从英国回来，菊红还头脑极为清醒地追问苗其：“我托你打听周蓓蕾的事情有消息吗？”

因为大家都把这话当疯话，所以也没想到还要回话。没想到菊红这条“思路”没有中断，还要打破砂锅问到底，不知拿她怎么办。

菊红听说“周蓓蕾”没有下落，难过了很久，她病了。

唉！菊红同志，为革命而生，为革命而死。她的一生中，似乎没有一丁点儿女情长，在她的心里，怎么都是天那么大的事情啊！

二十四

为了“测试”菊红是不是真的疯了，菊米专程从北京赶回长沙。

菊红看见菊米，还是很高兴的。菊米给妈妈带了一个瓷杯。她迫不及待地打开包装，洗干净并倒上开水——咦！那洁白的瓷杯遇热后，便立马呈现出“马恩列斯毛”这五个伟人的头像。

自以为了解妈妈的菊米心想，菊红一定会非常喜欢这个杯子，因为她心里除了革命和斗争这些事，就是与共产主义有关的伟人们。

但不料菊红只是瞥了杯子一眼，很难受地说：“哎呀，一个小小的杯子上面就有五个死人，你让我怎么喝茶呀?”

这哪是不正常的人说的话？简直就是过于正常或者说正常过度!

菊米不甘心，或者说是不放心，又想了很多办法。比如她问菊红说：“听说当年左权牺牲时，是让所有的同志们都撤退，然后他和仅有的几名担任掩护的战士突围时，不幸中弹牺牲。那他作为指挥官，在战斗中的地位和作用那么重要，为什么他不和大部队一起先撤退呢?”

菊红听了这话，立即严肃地说：“人家左权是什么人哪？他是民族英雄这个级别的，怎么会抛弃同志自己先撤退呢？他要以身作则，他要让已经撤退的大部队看到，有他左权在这里抵挡，就尽可以放一百个心，再说了，大家看到首长都和敌人拼命了，他们也就会群情激昂，和敌人战斗到底。”

菊米惊讶地看着菊红，心想这是哪门子的老年痴呆啊？我看她还可以去钓鱼岛和日本鬼子干一仗。

但是医生冰冷、残酷地结论说：这就是痴呆的一种。此类患者会专门在某一个问题上显得十分清醒，可能是她年轻时候的理想和追求，她为之奋斗终身的某个事业，即使她再怎么患病，无论怎么错乱，但在这个她最执著的问题上她的基本观点一点也不会说错，这是可能的。

菊米明白了：现在的菊红，她的精神和肉身几乎是分离的。她的精神自成一个体系，在革命的幻想王国中任意驰骋、翱翔。在这种幻想当中，她顺利地完成并实现了自己一生的理想追求。

一个有意思的现象出现了：菊米发现，菊红她会按照自己的潜意识说话、构思和处理问题。那就是说，关于菊红80岁以后讲述的所有关于中央领导的故事，应该都是虚构的。或者说，从现在开始，菊红彻底生活在她一生追求的红色幻觉之中。当菊米认真倾听菊红那些幻象中的故事时，可以从那些莫名其妙的“传说”中寻觅到童年的菊红、少女的菊红、中年和晚年的菊红这一生中的思想脉络。更有意思的是，她不喜欢的人和事，就忘记得干干净净。

菊红把“所有的垃圾”都从记忆储存的硬盘中删掉了！她的脑海中只剩下她的红色记忆和与革命有关的追求。菊米甚至羡慕地想：这是不是就是俗人永远得不到的“幸福”？这会不会就是人生的最高境界？

令人纳闷的是，菊红到底想把自己的遗产怎么分配呢？

没多久，谜底揭穿了。一位律师向菊红的孩子们宣读了菊红的委托书。

原来，菊红所有的遗产，都被她赠送给了一个叫做洪山河的人。

洪山河？他是谁？

遗传了父母搞情报工作特点的孩子们钻山打洞很快就得知了一点情况。

洪山河，山东管村人。1946年4月出生，孤儿。父母不详，听说是老革命，都牺牲在战火纷飞的年代。洪山河已于1975年结婚，婚后生有一对双胞胎儿子，虎头虎脑，人见人爱。

了解到这些情况，菊红的孩子们不愿再说话了。他们决定沉默，永远沉默！一直到这个世界在他们眼前消失。

二十五

我还经常想，假设菊红在1945年的失踪，是和革命工作有关，那么这可能就是她一生中最大的冤案了。因为无论她讲什么，人们都认为她是由于老年痴呆引起的幻想。倘若果真这样，那真是太悲哀了。

那么还有第二种可能，也就是菊红的孩子们都不愿设想的那个结局。她，怀着爱人的孩子，在一个隐蔽的乡村生下这孩子，又回到了南盘村。

这可能吗？听起来也像是天方夜谭。一位女革命家，在如火如荼的革命斗争中突然怀孕了，更糟糕的是她当时并没有结婚。这太不符合我们平常听到的传统革命教育的规矩了。

但是，如果这两种可能都不存在，那真相究竟是什么呢？

最后我对自己说：假设那个所谓的真相浮出水面，我们又能怎样呢？

是的，无所谓真相了。青梅如果没有竹马，那就把它煮成一坛醇厚的老酒吧！

八十年代初，我们全家从报上得知晓月阿姨在广州逝世的消息。我们知道，从此在我们兄弟姐妹的生活中，永远缺失了一种符号。

但是我们记得这句充满哲理的箴言：“别在意恐惧，它根本不存在。”

应了“祸不单行”这句成语，没多久，又接到邯郸民政局打来的电话：“郝光同志因病逝世。”

我回忆起不久前见到郝光的情形，觉得非常诧异。他的身体看上去还蛮硬朗的，怎么会突然就——

我打电话到郝光家，他的儿子告诉我一个长长的故事。郝光在解放后曾经随大军进藏，担任西藏某市的第一任市委书记，在一次运动中挨整，受批判，挨了些年便回到老家来了。后来平反，他的内心却一直没有平静过。多年来始终吵吵着要到西藏去。

“到西藏干什么？”我问郝光的儿子。

他长叹一口气说：“我父亲十分倔犟，一生中就活那口气。当年他冤枉挨整，虽说平反了，但是他认为口说无凭，甚至下达了文件也不行。”

“那他要怎样呢？”我好奇地问。

“他说，要亲自到西藏去一趟，告诉那些当年整他的人，你们整我整错了！党中央给我平反了！”

于是，家人拗不过郝光，只好同意他去了西藏。

“结果呢？”

“结果他从西藏回来后，就大病一场，再也没有好，直到——”

那是为什么呢？他不是去了西藏，完成了自己的夙愿，亲自告诉那些整过他的人：你们错了。所有这些他都如愿以偿，怎么还会突然倒下？

结果出乎人的意料之外，压垮英雄郝光的“最后一根稻草”，竟然只是因为：当年整他的人都死光了。

没有当事人听郝光宣读他的平反文件。这是郝光万万没想到的，也使郝光十分失望，不，是十分绝望。他在海拔四千米的高原愤怒地咆哮：“你们这些没出息的家伙，为什么死那么早啊？为什么不等着我回来平反啊？妈的你们整我的时候都是英雄，为什么就不敢等我来找你们啊？那我现在怎么办啊？谁来听我平反的消息啊？谁能证明我当年没错啊？”

冰山融化的时候，人们就说是雪山掉泪了，大雨磅礴的时候，人们就说是草原哭了。郝光上飞机的时候，意识就开始模糊：只见那布达拉宫燃烧着的袅绕不息的香草，只见那千年万年旋转的转经筒，顺时针的方向转、转、转……

我突然理解了这句话：英雄追求的东西，在恐惧的背面。如果不能克服恐惧，就永远不能得到恐惧背面的东西。当然，有的人压根儿就不想得到，正如孔雀不同麻雀谈抱负。人和人之间的差别之大，是难以想象的。

我曾经在某个小报上看到一种说法：目前共同生活在地球上的人，有一部分人的祖先比另一部分人的祖先晚诞生两亿年！

天哪！从此当我遇到十分不可理喻的可恨之人时，就会猜测：他的祖先肯定属于比正常人类晚诞生两亿年的那种。于是就特平衡，一点也不生气。

二十六

春天到了，我去河南洛阳的部队出差，顺便看看上军校的女儿细细。

周末赶上连队演练，细细高兴地跟着我去了。刚走到操场，一个战士大步流星走到我跟前，唰地敬礼："报告首长！三连全体正在操练，请指示！"

我吓了一跳，不知道该怎么办。我这个"七七八八部队"的，一直在非作战部队工作，对连队这一套很陌生，所以我愣在那里出洋相了！

幸亏女儿读的是军校，她懂。此刻她气急败坏地跟在我后面说："快回答'请继续操练'啊！"

"请继续操练！"我结结巴巴地说。

一群迷彩色从我眼皮下整齐地掠过，我脸红了吧？没敢抬头看。

下午去打靶。我一路上兴奋地给女儿吹嘘自己当新兵时打靶的优秀成绩。

结果报靶员报我的成绩时，很内疚地说："报告首长，您的靶子没有中环。"

我以为自己听错了："你说什么？我打了几环？"

"没中一环。"声音更小了，好像是他的错。

我简直不能相信这种结果。这太丢人了，我是我爸我妈的孩子吗？但实事就是这样。

当我悻悻然要离开靶场时，报靶员气喘吁吁又跑过来说："报告首长！您不是没上靶，是打错了，都打到别人的靶子上去了。"

这时，我的手机急促地叫唤起来。这铃声和平时响得有点不一样啊！我手忙脚乱地掏出来，一看是长沙家中的电话。

菊乖在电话里沉痛地说：“菊米，妈妈现在进手术室，说是胃穿孔，情况很不好。医生说不做手术必死无疑，但是做手术最乐观也只有百分之一二的希望。所以他让我们全家今晚都——来医院，向妈妈做——最后的告别。”

最后?！这，这是什么意思?

我拒绝这个消息。因为菊红在我和我们所有的兄弟姐妹心目中，是不死的象征。我从来就没想到过，这个世界会没有菊红的存在。就像世界上所有没心没肺的孩子，都不会相信他的父母有一天会离开他，离开这个世界。

慌乱中，我边哭边急忙收拾东西从洛阳赶往郑州，希望能搭上最后一班开往长沙的列车。我从来没有想过，没有妈妈的世界会是什么样子。但是今天我一下就触摸到了，今天果然一切都改变了模样，包括这世界的颜色、氛围，甚至连同空气中的味道等等都不同于往常。

依稀记得在某张报纸上看到一条报道，说科学家认为，在人的大脑中有一根神经（或是某个区域）专门控制着人类对死亡的恐惧。而被控制的结果，就是所有的人都不相信自己会有一天甚至下一刻死去，即使他们懂得生命是有限的。

这条报道令我震骇，我开始有意识地观察周围的人，结果真是如此：你看无论是玩命工作的人，还是醉生梦死的人；无论是性情温和的人，还是脾气暴烈的人；无论是男人女人穷人富人，都是想着“我要这样做”，而不想“为什么这样做”，不想结果会怎样，怎样的结果又怎么样……

当然了，假设人的大脑中没有这样一根“控制着人类对死亡恐惧的神经”，那世界就更不可设想了，好多好多怕死的家伙就整天只会发抖，什么也做不成了。从这个意义上说，其实所有的人都活在“恐惧”的背面。只不过那是一个虚拟的背面。

我在混乱中胡思乱想着，感觉漫长的高速公路漆黑漆黑好像永无止境，整个路上只有我们的车在飞速行驶，如同在一个黑色的时间隧道穿梭。车灯照亮了路两旁的指示牌，我绝望地无助地看着车外：过登封了！过少林寺了！过新密了（我祈祷着：快啊快啊！只要能赶上今晚最后那趟开往长沙的列车）！

眼泪止不住地流淌着，车窗外开始起雾了。突然，一阵奇特的幻象在我脑海中呈现：那黑的漫长的隧道，是母亲的子宫。我，尚未诞生的我，在母亲温暖的子宫里惊慌而悲凉地向前漂移、漂移……

幻象中的菊米，本是不愿意来到这世界上的，她想折回去，抗拒一种新的诞生。因为她原来本不是一个勇敢的人，可是她毫无办法，她来了。他们来了！我的兄弟姐妹们互相搀扶着、温暖着、安慰着。从春走到夏，从夏走到冬，直到荒芜的大地万物复苏，整个宇宙流金溢彩姹紫嫣红。

……

手机响了，是哥哥贺豆豆，他说菊红十分钟前已进了手术室。

那么，那把锋利的手术刀此刻定是已将菊红的腹部划开了！

我感到了剧痛，感到自己从一个黑黑的隧道被弹了出来。我诞生了！

我们诞生了。

二十七

菊红的手术成功了！这是奇迹。医生们都非常惊讶，85岁的高龄啊，又是身体如此衰弱的一个老太太，她是怎么拼死夺到了这个百分之二的生存率？打个很不合适的比喻，我在北京参加买车摇号，说的也是百分之一二的中签率，都两年了还没摇上，可见我的运气没有菊红好。

术后的菊红极度虚弱，一直留在重症监护室。每天下午可以让一名家人进去见面一刻钟。

菊红大部分时间依然昏沉沉不省人事的样子，但是偶尔有那么一小会儿的清醒，她就会字正腔圆地用她老家邯郸话结合着带长沙口音的普通话说：“没关系的，我不怕死，我任务完成了，这个世界上没有我的敌人了，我的那些敌人早都死了。我想不通啊！那么凶恶的敌人，怎么一个都没有了？”

旁边的人听了，都哭笑不得。

说着说着，菊红就昏迷不醒了。过一会儿她又醒来，接着说：“我们单位这个新来的领导对老同志不好，咯要不得噻（说这句话的时候，突然变成了长沙话）！你们要到省委去反映反映……”刚说到这，一口痰把她噎住了，医生护士都扑上去。没想到她自己使劲咳出痰来，那么虚弱的样子，接着还说：“其实林彪打仗挺勇敢的，日本鬼子一听说林彪的部队来了，都吓得屁滚尿流……”

母亲啊！难道你心里就没有一点点自己的事情？

在菊红病危的这些日子里，菊乖整理了父亲贺杰的大量遗物，主要都是一些日记和笔记。这些东西，孩子们从来没有见到过。菊红把它们藏得很深，放在那个日本制造的小牛皮箱里（不知是哪次战斗的战利品），然后把小皮箱再锁进大樟木箱中。

孩子们惊讶地发现，不苟言笑的父亲竟然曾是一位文学爱好者，他大量地阅读和抄写名著，特别是前苏联一些名著中的精彩段落，还做了很多笔记，写了不少感想。尤其是在他生命的晚期，还写了一些特别注明“献给爱妻——菊”的情诗。

这天，菊乖把父亲的笔记，就是他在最后的日子里写给菊红的那些“情诗”带到病房来。医生却阻止她进去，说情况突然又恶化了，她现在仍处于昏迷状态。菊乖、豆豆、菊香、菊米都不相信。根据孩子们对母亲菊红的了解，她一定会战胜病魔，和他们一起回家，他们坚持说服了医生进到病房。

菊红果然睁开了眼睛，她吃力地挥动着手臂，做握笔状，又指着自己的喉咙摇头。小女儿菊米一下子就猜透了妈妈的意思，她迅速找来纸和笔。

菊红歪歪斜斜地在纸上写了一句话：“我这一生只有一件遗憾的事情，就是你们的父亲他不爱我。”

大家看了这纸条，面面相觑，不知该如何回答母亲，他们从来没听到母亲说过与“爱”有关的话题，所以甚至觉得有点尴尬。

菊乖趴在病床前，握着菊红瘦弱无力的手说：“母亲，我们找到了父亲写给您的诗，我现在念给您听吧。”

菊乖念的是这样一段：

“我看见漫山遍野的敌人像溪水一样流淌，
战士们的鲜血如杜鹃花一样盛开，
死亡向我绽放着妖艳之美，
恐惧中诞生了我对你无尽的爱意……”

天！难道这就是贺杰写给菊红的情诗？

但似乎是遗传，同样也酷爱俄罗斯文学的菊米听出来了，父亲是模仿前苏联文学中的某种笔法，如果没有记错的话，菊米依稀记得在某部反映前苏联卫国战争的电影中听到过类似的比拟，那是一个鲜血与牺牲，背叛与英雄的故事，这个诗情画意的民族的士兵，甚至就是用这样血淋淋的、充满诗意的语言向战场前线指挥所汇报，让人听了汗毛倒竖。

或许，贺杰认为用这样极端严酷的战争抒情诗的方式，就是对菊红最深刻的爱情了。

听到贺杰写的“情诗”，菊红呆滞的目光活泛了些，她眼睁睁地望着窗外，她在看什么呢？噢，是柳树发芽了，江南的春天到来了。

不一会儿，菊红开始自言自语地说话了，她说得很轻很轻，如叹气般，压根儿就听不见她在说什么。但是能够感觉到，菊红是想努力地把听到“情诗”后的感受表达出来。她微笑着却流着眼泪，脸上浮现出幸福的光泽……

菊红的孩子们把头尽可能地俯在母亲胸膛上，他们听见菊红是在哼唱一只歌：“红日照亮了东方。”

病房里刹那间安静了。

静下来的这数秒中，所有人仿佛看到了太行山上的千军万马踏尘而来；看到解放区的人民舞起了龙灯，踩起了高跷；看到延安宝塔山下的人民打起了腰鼓，扭起了秧歌；

延河边古老沧桑的清凉山上挂满了通红通红的红灯笼，一串串接一串，连成一大片一大片的红彤彤的光芒，倒映在蜿蜒的延河水中，红光闪烁的延河水煞是好看！所有的、所有的人们一齐和着菊红在歌唱：

“自由之神在纵情歌唱。
看吧，千山万壑，铜墙铁壁，
抗日的烽火，
燃烧在太行山上气焰高万丈。
听吧，母亲叫儿打东洋，
妻子送郎上战场。
我们在太行山上！
山高林又密，兵强马又壮。
敌人从哪里进攻，
我们就叫他在哪里灭亡！”

——完——

2014年2月于三亚、长沙

2014年5月改于延安

2014年6月定稿于北京